LAの女帝

茶々

倉科遼

実業之日本社

CONTENTS

本作品は、ある実在の人物の物語をフィクション化したものです。

装幀　G.HIGH
編集協力　加藤一来

LAの女帝

——茶々——

プロローグ

その店「クラブ茶々」は、アメリカのカリフォルニア州・ロサンゼルスの中心部《ダウンタウン》から南に約二十マイル（約三十二キロ）ほどの町、トーランスにあった。

周辺には日本企業の支社がかなり存在していて、駐在員や出張でやって来る日本人が数多く住み、集まる町だ。

駐在員や出張のビジネスマンは、日本で働くのとはまったく異なるストレスやプレッシャーのかかる仕事の中で、息抜きの時間と安らげる場所が必要だった。時には癒しが、時には笑って過ごせる楽しいひと時が欲しい。愚痴を聞いて欲しい時もあるし、共に成功に酔いしれたい時もある。そんな時、一緒にいてくれる人が欲しいものだ。できれば女性が……。

トキメキを求める者もいれば、本物の恋をしたい者もいる。さまざまな理由で彼らは何かを求めてやって来る。そんな彼らの期待に応えるために、「クラブ茶々」は存在する。

季節は二月。一年を通じて暖かいロサンゼルスだが、二月はさすがに肌寒い日が続く。その夜もやや冷たい風が吹いていたが、その店「クラブ茶々」の一画だけは明るく、暖かい光と空気に包まれていた。


深夜だというのに店内からは賑やかな音楽と喧騒が溢《あふ》れ出ている。その店内には「HAPPY BIRTHDAY CHACHA!」の文字が書かれたボードが壁に掛けられ、花やテープで華やかにデコレーションされている。

「ポンッ、ポンッ、ポンッ」——高級シャンパンの栓《コルク》が次々と抜かれ、十数個のシャンパングラスに注がれて行く。そのグラスを手にした十数人の日本人ビジネスマン風の客たちが一斉に立ち上がり、

「茶々、誕生日おめでとう〜!」と日本語で祝う。

その席の中央に艶《あで》やかな花魁《おいらん》姿をし、妖艶な色香を漂わせた女性が座っている。この店のオーナーママ、そして本編の主人公の〝茶々〟だ。

そう、今日は茶々の誕生パーティーが催されているのだ。茶々は、おもむろに立ち

上がると、その席の客一同を見渡し優雅にニッコリと微笑む……と、次の瞬間、手にしたシャンパングラスを高々と掲げ、

「ありがとぉ〜、みんなぁ!!」と大声で叫んだ。

一同が「乾杯《チアーズ》!!」と唱和し、一気にグラスを飲み干す。

すると、今度は隣の席にいた一見してアスリートとわかる白人、黒人入り混じった集団が、

「ヘイ茶々、次はこっちだ！」と英語で声をかける。

「ＯＫ！」

茶々は呼ばれた席に行く。その席でも威勢よくシャンパンが抜かれて、「誕生日《ハッピー》おめでとう《バースデー》〜、茶々!!」の歓声があがり、バースデーソングの大合唱が湧き起こる。


こうして超満員の広さ約五十坪の店内のあちこちで、茶々の誕生日を祝う光景が展開された。その客層は、日本人・中国人・台湾人のアジア系、欧米系、ヒスパニック系と多岐にわたっているが、アジア系が断然多かった。

職種も会社オーナー、ビジネスマン、アスリート、ハリウッドスター、レストランオーナー……と多種多様で、この店がいかにオープンで気さくな店かを物語っていた。

シャンパンコール、ケーキカットというセレモニーがひと通り終わると、大音量のアップテンポの音楽が店内に流れ出し、セクシーな衣装を着た店のキャストたちが、フロア中央で煌《きら》びやかなダンスを踊り始めた。ショータイムの始まりだ。客たちは手拍子、指笛で囃《はや》し立てながらショーに参加する。

茶々はボックス席を回り、一人ひとりに自分の誕生パーティーに来てくれたことへのお礼と挨拶をし、それを終えると、カウンター席へと向かった。そこはグループ席ではなく、ひとりで来た客たちの席で六、七人ほどが座っていた。みんな二十代前半から半ばの若者たちだ。

「今日は来てくれてありがとうね」

「茶々さん、誕生日おめでとう！」

若者たちがウイスキーグラスを掲げて唱和する。その中のひとり、二十代半ばの〝職人カット〟の若者が言う。

「茶々さんすまない。俺もシャンパンを抜いて祝ってあげたいけど……まだ見習い寿司職人の身なんで……」

「何言っているの。来てくれただけでありがたいし、嬉しいわ」

茶々は若者の肩に手を置いて、なだめるように優しくポンポンと叩き、

「お金は持っている人はバンバン使う。持っていない人はそれなりに使う……。私はお金を持っている、持っていないで、接客に差はつけないわ。お客さんはみんな平等よ‼」

　その時、三十代半ば、身長一八七センチのスポーツマンタイプの精悍な男が右手にシャンパンボトルを持ってやって来た。男の名は〝TOSHI《トシ》〟。茶々の夫だ。

「茶々、ワダさんがカウンター席のお客にも飲ませてやってくれって」

「ワダさん、いつも気前がいいわね。それじゃ、みんな、いただいちゃおう」

　トシはシャンパンを抜き、カウンターに並んだ客の数に加え、茶々と自分のグラスにシャンパンを注ぐ。それを客と茶々に手渡す。自分もグラスを手にして、ボックス席にいるワダを見て、グラスを掲げた。

「じゃ、ワダさん。いただきます」

　茶々と客たちも、

「ありがとう、ワダさん。ご馳走になるわね」

「いただきます！」

　仕立ての良いスーツを着た五十代半ばのワダが、脚を組んだ姿勢で微笑みながらグ

ラスを掲げ返す。そして、全員が美味しそうにシャンパンを一気に飲み干した。

「美味《うま》い！　やっぱシャンパンは最高だな」

笑顔を浮かべる客たちに向かって茶々は言った。

「ワダさんは、あなたたちと同じようにアメリカンドリームを夢見て三十年前に単身でこの国にやって来たの。皿洗いの仕事から這い上がって、現在《いま》はＩＴ関係の会社を成功させた社長さんよ。

みんなもあの人のように頑張って、アメリカンドリームをつかむのよ！」

「それは茶々さんも同じだろ。台湾からやって来て裸一貫、夜の世界で頑張って、今や〝ＬＡの女帝〟と言われている」

「俺たちもワダ社長や茶々さんのように、この国で必ず成功してみせるよ」

「……」

茶々は希望に輝く眼をしたこの若者たちを見て、しみじみ思った……。

（私もこの子たちと同じ時代があった。希望と不安を抱いてこの国に渡って来た頃が……）

午前二時を過ぎて店は閉店した。茶々とトシが見送る中、客が次々と店から出て来る。

「じゃあな、茶々！」

「茶々、ご馳走さん。良いパーティーだったよ！」

「ありがとうございました！」

「気をつけて帰ってね、おやすみなさい‼」

客たちは迎えの車やタクシーに乗って、三々五々帰って行く。

トシとふたりで手を振って、最後の客を見送った茶々は、一大イベントを終えて、「ホッ」と安堵の表情を浮かべ、トシと顔を見合わせた。

「お疲れ、茶々」

「お疲れ、トシ……いろいろありがとうね」

「どういたしまして」

トシは後片付けのために店内に戻って行った。

「……」

感慨深い思いがこみ上げてきて、店の外に歩み出た茶々は、数歩歩いたところで立ち止まり、「クラブ茶々」の外観をしみじみと眺めた。

（……日本人じゃない私が、日本スタイルの店をやってもう何年になるんだろう……）

（ようやく、ここまで来た……。ここが私の城……。私がつかんだアメリカンドリーム‼）

第一章　夢の国アメリカ……

1

私の名前は茶々――。

もちろん本名ではない。日本の夜の世界で言うところの源氏名だ。こうして日本スタイルのクラブを経営しているけれど、私の生まれた所は、台湾・台北市。そう、私は台湾人だ。

台湾人の私が、なぜ日本人相手の日本式のナイトクラブをやっているのか……。ここに到るまでには苦しく辛い荊《いばら》の道があった。別にそれをお涙頂戴の苦労話として語るつもりはない。過ぎてしまえば、みんないい思い出だから……。

幼い頃の私の名は、ケイティー。

父は中国本土で生まれ、大学入学のため台湾にやって来た。当時の大陸中国は貧しい時代で、父は仕送りなどもない苦学生で中華料理店の手伝いや個人売買の仲立ちで生計を立てていた。

大学在学中に母と知り合い、恋に落ちて結婚して、私を産んだ。父も母も優しい人だった。

幼い頃の私の家は、決して裕福な家ではなかった。いや、見栄は捨てて正直に言おう。私の家はかなり貧しかった。まともな食事をした記憶がない。昼はインスタントラーメン、夜は父が働いていた料理店の残り物のシュウマイばかりを食べていた。

その頃の家は、ゴキブリ、ネズミが当たり前のように出没した。私が寝ている時、ネズミに噛まれたこともある。それ以後、私はネズミが苦手になり、今でもネズミが道路を走って横切っているところを見るだけで、拒絶反応を起こしてしまう……。もちろんゴキブリも同じこと。大嫌い!!

幼稚園に入園する頃、父が日本の料理店で働くことになって、一家揃って、神戸に移り住んだ。一九六八年のことだった。

神戸時代は楽しい思い出ばかりだ。中華学校に入り、友達もできた。日本の文化との出合いは驚きと触発、そして啓発の連続だった。

その中でも漫画とアニメは大好きだった。当時流行していた『アタック№1』と『エースをねらえ!』にはとくに感動した。主人公の夢をあきらめない姿は、後年の私の生き方に大きな影響を与えてくれたと思う。

でも、日本に行ったばかりの頃の生活は貧しかった。台湾時代以上と言っていいくらいに……。「学費、給食費が払えない」は日常だった。学校にいつも父と母が謝りに行っていた。そんな状況だから、毎日の食事もままならなかった。

ある時、持っていたお金が底をつき、父が家中の引出しの奥や家具の隙間を探し回って、落ちている小銭を拾い集めて、なんとかラーメン二杯分のお金をつくり、お店に行ってラーメンを家族三人で食べたこともある。

それでも、少しずつ生活が良くなって、外食ができるようになり、日本の食べ物を口にした時のあまりの美味しさに衝撃を受けたことは、今も強烈に覚えている。中でも、たまにしか食べられなかったが、お刺身と焼肉は別格の美味しさだった。

そして、日本人のサービスの良さ、いわゆる〝おもてなし〟には、子供ながらに驚き、感動した。

「このお店、私の願いを何でも聞いてくれる。料理も美味しいし、まるでお姫さまになったような気分になれる。日本のお店って、すごい！」

日本の食事、文化、習慣が大好きになった。こんな素晴らしい国があったのか……心からそう思った。

父の日本での仕事は、勤めていた中華料理店の経営難によって、クビにされて終わった。私が小学六年生の時だった。「これからどうしよう」……家族会議が開かれ、そこで父はこう言った。

「日本で働くことも考えたが、この国は就労査証《ワーキングビザ》を取得するのが難しい国だから、より大きいチャンスをつかめる国に行こうと思う」

「より大きいチャンスをつかめる国って……どこ？」と私は父に質問した。

「アメリカだ！　アメリカに渡って、ガムシャラに働いて、いつか自分のレストランを持つつもりだ」

「パパがアメリカに行く……。私とママも一緒？」

「いや、まずパパが先にひとりで行く。ケイティーとママは台湾に戻って、パパがアメリカに呼び寄せるまで台北で待っていて欲しい」

「……」

ショックだった。大好きな父と離れて暮らすなんて……。幼い頃の私はいつも「結婚するなら絶対パパみたいな人。私、パパのお嫁さんになる！」と言っては、父を喜ばせると同時に困らせていた。その父と離れて暮らすなんて……私は猛反対をして、

駄々を捏《こ》ねた。そんな私に父は、

「ケイティーは将来何になりたい？」

「……ファッションデザイナー」

「ファッションデザイナーになるには、勉強しなければならないだろう。勉強はどこでしたい？」

「フランスか……アメリカ」

「パパがアメリカでケイティーとママを呼べば、ケイティーはアメリカでファッションの勉強ができる。そしてデザイナーになれば夢をつかむことができる」

「アメリカは夢を叶えられる、つかむことができる国なんだ。パパは、自分のチャイニーズレストランを持つというのが夢なんだ！」

「ケイティーはデザイナー、パパはチャイニーズレストラン、ふたりでアメリカンドリームをつかもう！　そのために先に行って頑張るから。わかったね」

「……わかった。でも、できるだけ早く呼んでね」

「ああ、約束だ」

父が小指を差し出した。私は自分の小指を父の小指に絡ませた。

（指切りげんまん、嘘ついたら針千本飲ます）

心の中で何度もそうつぶやいた。

「ケイティーのこと、頼むぞ！」

父は母を見つめて、そう言った。

「え……ええ……」

母の声は弱々しかった。


この時、私は学校で学んだ中国の歴史を思い出していた。中国人は長い歴史の中で、故国を出て、あるいは捨てて海外に渡ることの多い民族だということを……。

中国は、五千年の歴史の中で戦乱が多い国だった。戦争で住む土地や生活を失《な》くし、奪われた人々は、新天地を求めて海外へ出た。そして、その地で必死に働き、定着し、成功を治める者が数多くいた。

今、世界の各地に「チャイナタウン」と呼ばれる中国人居住区は数多く存在する。日本なら横浜、神戸、長崎の中華街。アメリカならサンフランシスコ、ニューヨークの中華街。いずれも〝華僑〟と呼ばれる大陸中国を出た人たちが、頑張って築き上げた街だ。

余談だが、シンガポールという国はかつて植民地時代、西洋人によって売買された中国人〝苦力《クーリー》〟の末裔たちが努力、団結してマレーシアから独立を果たして建国した国だ。

中国人という民族は誇り高く勤勉な資質を持っている。父にはまぎれもなくその中国人の血が流れている。そしてそれは私の身体の中にも。

こうして、私たち一家は台湾とアメリカに離れて暮らすことになった。私が十二歳の時だった。

2

台湾に戻った母と私は、母は生活のために働きに出て、私は地元の小学校に通うことにした。自分で言うのも何だが、学校の成績は良く、優等生だった。日本からの帰国子女ということもあり、珍しがられてクラスの人気者でもあった。

しばらくは楽しい学校生活が続いた。でも、卒業まであと一カ月という頃、信じられないような事件が起こった。ある日、私の教室に中年の女性が「ドカドカ」と入って来て、いきなり私を指さし、

「この娘は、平気で誰とでも寝ることができる女の子供だよ！」

と、大声で叫んだ。

（えっ!?　何言っているの……）

「あんたの母親は、うちの亭主と浮気してんだよ！　この泥棒猫!!」

さんざん怒鳴りまくって教室を出て行った。最初は何が起きたかわからなかったけど、出て行った時には事態が理解できた。

（私のママが、あの女の旦那さんと浮気してる……）

そんな馬鹿な！　嘘でしょ！　でも、でも……母本人ではなく、娘の私に、しかも学校の教室に怒鳴り込んで来るなんて……。どう考えても異常だ。しかし、その異常さが事の真実を物語っている、と思った。

その日、私は顔を上げることができず、ジッと下を向いたまま授業が終わるのを待った。同級生たちの冷ややかな視線を感じながら……。

下校時間になって、走って家に帰った。一ＬＤＫの小さな部屋に……。母はまだ帰っていなかった。私はダイニングテーブルの椅子にポツンと座り、母の帰りを待った。自然と涙がこみ上げてきた。昼間、教室で受けた屈辱に耐えに耐えていたが、限界がきたのだ。私は声を押し殺して泣き続けた。涙がとめどなく頬を伝い落ちた。

陽が暮れてしばらくした頃、母が帰って来た。薄暗い部屋に私がいるのに気づき、

「どうして電気を点けないの？」と言った。

「……」

私はどう話を切り出していいか迷っていた。

「どうして黙っているの。学校で何かあったの？」

母がイラついた声で詰め寄る。その口調に思わず、

「ママ、どうして浮気なんかしたのよ!!」

と、反射的に言ってしまった。

「え!?」

「ママが浮気している相手の奥さんが学校に乗り込んできて、私を責めたわ。誰とでも寝るような女の娘だって……。どうして……何で浮気なんてしたのよ!!」

「……」

母はしばらく言葉を発しなかった。その時間がどれくらい続いたろうか。私には一時間、二時間にも感じられた。でも、実際は十分ぐらいだったと思う。

母がポツリと言った。

「ゴメンね。ママも女だったのよ……。寂しかったのよ」

(何、何!!　〝女だった、寂しかった〟――どういうことよ!?　寂しかったら浮気してもいいっていうの？　パパを裏切ってもいいっていうの？　そんなこと、私認めない……許せない！)

母を激しく罵倒《ばとう》しようとして、母を見た。でも、その時の母の姿を見たら、何も言えなくなった。

母はうなだれて、肩を震わせて泣いていた。

「うっ…うっ…うっ……」

くぐもった母の嗚咽《おえつ》が夕陽の落ちた暗い部屋に響いていた。私は母を残して部屋を出た。そして、ひとり夜の街をさまよい歩いた。

(これからどうなるんだろう。私はどうすればいいんだろう……。パパにはこのこと、絶対言わない、言っちゃいけない。知られちゃいけない……)

そのことだけは何度も自分に言い聞かせて歩き続けた。

翌日、学校に行くと、クラスメイトたちの視線はさらに冷たくなっていた。中には「汚い！」「浮気者！」と私を罵《ののし》る者もいた。

救いは小学校卒業が間近だったことだ。私は中学に上がる時、小学校のある学区とは別の学区に移ることにした。私の母のスキャンダルを知らない中学校に進むことにしたのだ。

新しい環境の中で新しい友達をつくって出直そう……。でも、私の思うようにはいかなかった。母は浮気相手と別れることができず、ズルズルと関係を続けていた。私はそんな母と顔を合わせるのが嫌で、家に寄りつかなくなった。必然、夜の街に出て、そこで知り合った連中とつるむようになり、いわゆる〝不良〟への道に踏み入っていった。

不良は徒党を組む。そして、グループ間で衝突する。他のグループとはよく喧嘩をした。私は生来勝ち気で負けず嫌いな性格だから、喧嘩をしても強かった。負けることはほとんどなく、気がつけば〝番長〟のような存在になっていた。

また、私は好き嫌いや物事の善し悪しはハッキリ言う性格で、曲がったことは大嫌いという性分だった。自分が間違っていないと思ったら、徹底して押し通し、妥協はしない強さがあった。

理由《わけ》もなく威張り散らすような人間、親の権威を笠に着るような人間、弱い者いじめをするような人間は絶対許せない……。しかも、一度切れたら、トコトンやるタイプの人間だったので、女の子からも男の子からも怖がられる存在だった。

でも、友達や私の学校の生徒が、他の学校の連中に絡まれたり、いじめられたりしたら、たとえ相手が五、六人でも飛び込んで行ってやっつけて、救ってあげた。私は日本でいうところの義侠心に富んだ人間だった。自分で言うのも恥ずかしいが、学校の女の子たちや友達からの人望は厚く、信頼もされていたと思う。

（これも自分で言うのは何だが……）学校の勉強は、かなりできるほうだった。周りの同級生が必死で勉強する中、私はちょっと勉強しただけで、よく百点を取った。とくに得意な科目は英語。当時の台湾では、英語はまだ広まっていなかったが、私はなぜか英語が好きで、その分成績が良かった。周囲で英語が苦手な子には、よく教えてあげたものだ。

ガキ大将で喧嘩ばかりしていたら、学校の先生には怒られて当然だが、成績は良かったから、先生も怒るに怒れなかったのだと、今振り返って思う。

中学二年になる頃、私は夜市《ナイトマーケット》で商売を始めた。母の手から離れて、自分の食い扶持は自分で稼ごうと思って。安く商品を手に入れて高く売る。中学生の女の子が店に立つのは危険だが、逆に女の子だから客がつくということもある。

繁盛といえるほどの売上げはなかったが、私ひとりが食べて学費を払うくらいの稼ぎはあった。その商売をしていて良かったと思ったのは、中学三年になった時だ。母が病気で入退院を繰り返し働けなくなり、私の稼ぎで一家の生計を立てなければならなくなったから……。この頃になると、商売は順調で、母の入院治療費も出せるくらい稼げるようになっていた。

母の病名は心身症による高血圧、胃潰瘍、大腸炎。不倫という人の道に外れた生き方をした自分を責めたことから発病したのだ。母は元々、神経が細い人だったから……。この病気《やまい》発症により、不倫は終わった。

二年間はろくに口を聞かなかった母との関係だったが、やはり血がつながった親子。入院してからは献身的に世話をした。その結果、母との会話を少し取り戻したが、母が自分を責める意識は強くなり、病状は悪化の一途をたどった——。

この中学時代、不良をやり、商売をやった経験は、後の私の人生に大きな影響を与えた。

私が付き合っていた不良の中には、麻薬《ドラッグ》や売春といった違法なバイトに精を出す連中がいた。彼ら彼女らは世間から白い目で見られ、うとまれる存在だったが、だからと言って私は差別することはしなかった。そういう境遇に堕《お》ちる子は、それなりの理由があるとわかっていたから……。貧乏だったり、両親が離婚して家庭環境が最悪だったりとか……。

母が不倫をしているという私の家庭環境は、グレても少しもおかしくなかったけど、たとえ不良をやっていても、人の道に外れたことだけは絶対にしたくないと、自分に言い聞かせていた。だから、彼らとは付き合ってはいたが、彼らが手を染めていた違法なことにはいっさい手を出さなかった。

彼らも私がそういう強い意志を持った人間だと知っていたので、悪事に誘うようなことはしなかった。

私には彼らのように誘惑に負ける時間も余裕もなかったのだ。病弱な母を抱えて、毎日の生活費と学費、治療費を稼ぐのに必死だったから……。

その時の悪グループの連中で、その後まともな人生を送った者は少ない。犯罪に走った者、麻薬中毒《ジャンキー》になって一生を棒に振った者、そして黒社会《ヤクザ世界》に入って、現在行方がわからない者……。

今、私が夜の仕事をしているのにまともに生きていられるのは、あの頃の同級生たちの転落を知っているから……。〝夜〟は、人生の落し穴がいっぱい待ち構えている。自分がよほどしっかりしていないと、その落し穴に簡単に堕ちてしまう。それを学んだのは、あの夜市時代だったのだ。

そして、商売のやり方を学んだのも、今日私がお店の経営をきちんとやれるのも、あの頃身につけた知恵のおかげだと思っている。

人生に回り道はない。どんなことでも経験したことは、その人の血になり肉となる。私の中学時代は人生の暗黒期だったけど、その時期に私は多くのことを学んでいたのだ。

母と私が苦闘の日々を送っていた時、アメリカに渡った父もまた辛く厳しい戦いをしていた。三十歳を過ぎての単身渡米。中華料理店の下働きから始めて、アメリカでの永住許可証《グリーンカード》を取るために頑張っていたのだ。

渡米してから二年後、父から「グリーンカードが取れたから、アメリカに来い」という手紙が届いた。私はもちろん飛び上がって喜んだ。

「ママ、パパがアメリカに来いって！」

私は普段口を聞かない母に喜々として言った。

「……私は行かない。ケイティーだけ行って」

「えっ!?　な、何言っているの。パパはママと私のグリーンカードも取ってくれたのよ」

「……私が行ける立場の人間じゃないことは、わかっているでしょ。パパを裏切った私には、その資格なんてないわ!!」

「……」

泣きながら言った母の気持ちは痛いほどわかった。でも私は、自分だけ行こうとは思わなかった。過ちを犯した母だけど、離婚だけはして欲しくなかった。家族がバラバラになることなんて、考えられなかった。それだけは避けたかった。

「私とママが黙っていれば、家族は続けられる。だから、一緒にアメリカへ行こう！」

何度説得しても、贖罪意識《しょくざいいしき》に責め苛《さいな》まれていた母の首を縦に振らせることはできなかった。仕方なく私は、母は病気が重く、アメリカに行ける状態ではないと父に手紙を書いて断った。それなら仕方ないと父も納得した。

半年後、再度アメリカに来るように連絡が来た。でも、この時もママは拒んだ。私はまた病気を理由に断った。

そして私が中学を終える頃、三度目の手紙が来た。母はまだ躊躇《ためら》っていた……。返事を出せないでいると、「三度も断ったら、せっかく出たグリーンカードが受け取り拒否ということで取り消される可能性がある」と言って、父が私と母を台湾まで迎えに来た。


私は空港まで父を迎えに行った。三年ぶりに父と会える——それはとてつもなく嬉しいことだった。でも、「パパとママが会ったら、ふたりはどうなるんだろう」という不安と恐れで心は張り裂けそうだった。


家族三人だけの病室。両親は、三年ぶりに会ったというのに言葉を交わさない……。父が何を喋っても母は無言だった。その異常な状況に父は、

「なぜ黙っている。なぜ目をそらしてるんだ?」

「……」

「ケイティー、ママに何があったんだ? 病気で入院しているというが、病名は何なんだ?」

「……」

「ケイティー‼」

父は私の肩をつかんで強く揺さぶった。

「言えっ、ケイティー！　ママに何があったんだ。言え！」

「い、痛い。パパ、そんなに強くしたら痛いよ」

「ケイティー‼」

その時、それまで黙っていた母が叫んだ。

「私が間違いを犯したのよ！　不倫をしたのよ‼」

「！」

父の動きが止まった。呆然と立ちつくしていた。私は何も言えず、ただ石の立像のように立ったままだった。気がつくと母の嗚咽《おえつ》が聞こえた。母は静かに泣いていた。父の握られた拳が震えているのが見えた。肩で大きく呼吸をしている……怒りの爆発を抑えているのだ。そして、ポツリと言葉を吐きだした。

「俺が……アメリカで……お前たちを一日も早く呼び寄せようと必死に働いている時、お前は他の男と浮気していただと……。

俺だってアメリカでどんなに寂しい思いをしていたか……。どれだけ女が欲しかったか……。でも、お前とケイティーの顔を思い浮かべて、我慢していたのに……。お前は……他の男と……だなんて……」

「……」

「何だったんだ！　この三年間は何だったんだっ!!　ウアアア――ッ！」

父は叫び、母の点滴を引き剥がし、殴りかかろうとした。

「やめて、パパ！」

私は父の背中に飛びついて止めた。

「ママは寂しかったんだよ。パパと離れて心が弱くなって辛かったんだよ！　誰かに甘えたかったんだよ！　支えて欲しかったんだよ。それでつい……魔が差したんだよ!!　間違いを犯してしまったって、ものすごく反省してるよ。ママの病気は心の病気なのよ。　間違いを犯した自分を責めて責めて……心身症になっちゃったんだよ！」

「……」

「ママの病気を治せるのは、パパの許しと家族の愛だけなのよ!!　パパ、ママを許してあげて。そして、また昔のような楽しい家族を取り戻そう。ねっ、ねっ？　お願い、パパ!!」

私は父の背中に顔を押しつけて号泣しながら、必死に叫んだ。

「……」

私の言葉が父の心に届いたのか、母を殴ろうとして振り上げた父の拳が静かに下《おろ》されていった。

父はベッドの横のパイプ椅子にストンと腰を落として、しばらくうなだれたままだった。母は……嗚咽は止まり、ただ俯《うつむ》いていた。私は何をどうすることもできず、その場に立ちつくしていた。

陽が落ち、病室は闇に包まれ始めた。外の街灯の光だけが差し込んでいた。やがて父が重い口を開いた
「人間……誰でも人生に一度や二度の過ちはする。許さなければ、そこでそれまでの人生は終わってしまう。お前とケイティーとのこれまでの人生は楽しく幸せなものだった。お前もそうであって欲しい。この素晴らしい家族の絆をもう一度取り戻し、築けるなら、私はお前を許そう」

父のその言葉に母は顔を上げた。私も父を見た。

「あ、あなた……。私を許してくれるのですか?」

「お前がもう一度絆を築くと誓ってくれるなら……」

「誓うわ！　誓います!!」

「ケイティー、これでいいかい？」

「パパ——ッ！」

私は父に抱きつき、泣きながら「パパ、ありがとう、ありがとう」を連呼して、父の顔にキスの雨を降らせた。ママはようやく笑みを浮かべ、静かに泣いていた。そして、父は言った。

「さあ、一家揃ってアメリカに行くぞ！」

3

一九八〇年夏、サンフランシスコ——。

その街は、カリフォルニア州中部の大都市で人口は当時七十万弱で全米第十三位。太平洋岸最大の良港で、南からの暖流と北からの寒流がぶつかるのがこのあたりで、「霧のサンフランシスコ」という名曲で歌われるくらい霧が発生する街としても有名だ。また、アメリカ大陸とアジアを結ぶ門《ゲート》として象徴的な「金門橋《ゴールデンゲートブリッジ》」があるのもこの街である。

アメリカに渡った私と母は、そのサンフランシスコのイーストベイ地域・ウォルナットクリークにいる父のお姉さん……つまり叔母の家に住むことになった。

この頃、父はまだ自分の店を持っていなくて、料理人としてアメリカ各地の中華料理店を転々としながら働いていた。

叔母の家は、その地で縫製工場を営んで成功していた。家族は叔母夫婦に、長女・次女・長男・次男の六人家族。いくら親族といっても、何年も会ったことがない、ほとんど他人同然の私たちが一緒に暮らすというのは、大変なことだった。

私は自分たちが居候《いそうろう》だと自覚していたから、学校から帰ると積極的に叔母の家の家事を手伝った。でも、英語がうまく話せないことも影響して、従姉《いとこ》たちとはうまくコミュニケーションがとれず、毎日嫌みを言われたり、いじめられた。

「英語もろくに話せないのに、よくアメリカに来たわね」

「いつまでこの家にいるつもり？　すごく邪魔なんだけど」

「タダ飯って、さぞかし美味《うま》いだろうな」

「金がないなら、働けばいいいじゃん！」

胸が痛かった。こらえ切れずに何度泣きそうになったことか……。でも涙は絶対流さなかった。泣いたら負けだから……。

今でも思う時がある――。

「あの人たちは、どうして平気で人を傷つけることを言えたのだろう？」

思春期の子供というのは時に残酷だ。自分の鬱屈した思いを弱い立場の人間にストレートにぶつける。

私にとって従姉たちに投げつけられた言葉は、心の傷となり、いつまでも癒えることはなかった。そして思った。

「いつか見返してみせる！」

心の中でそう言い聞かせることが、あの頃の私のモチベーションだった。

この頃の母は、まだ病気が回復せず……というか、慣れない異国での生活と叔母たちへの過度な気遣いで神経をすり減らし、病気は台湾時代より悪化していて、寝たり起きたりで病院通いが続いていた。このことも従姉たちからすれば、「タダ飯食いの居候のうえに病気持ち」でおもしろくなかったのだろう。

そんなある日、大事件が起こった。台所で夕食の仕度をしていた私の所に、次女が血相を変えて飛び込んで来た。

「私のゴールドのネックレスがない！　ケイティー、あなたが盗んだんでしょう！」

「な⁉」

「欲しいのなら、素直に言えばいいのに。人のものを盗むなんてどうかしているわ。これだから貧乏人は嫌なのよ‼」

「……」

私にはまったく身に覚えがないことなので、どう答えていいかわからず、ただ黙るだけだった。次女はますますエスカレートして、私を罵《ののし》った。

騒ぎを聞きつけて、車椅子に乗った母が駆けつけた。母は病状が悪化して脚力が弱り、車椅子生活を余儀なくされていた。事情を聞いた母は、激怒した。

「どうしてケイティーが盗んだと決めつけるの？　証拠はあるの？」

「……ケイティー以外に考えられないもの」

「ケイティーは絶対そんなことしない！　私の娘は絶対に人の物を盗んだりしないわ‼」

母は涙を流して抗議してくれた。普段は物静かでおとなしい人が、あそこまで激しい口調で私を守ってくれた感激は、今も忘れずにハッキリ憶えている。

その「ネックレス紛失事件」の真相は、数日後あっけなく判明する。彼女と同棲中だった長男が久しぶりに家に帰って来た時、その首に光るものがあった。そう、件《くだん》のネックレスが――。

「よお。これ、お前のネックレス、ちょっと借りたからな」

事情を知らない長男は首からネックレスを外し、そう言って次女に渡して自室へ去って行った。従姉たちは、一瞬気まずい顔をしてしばらく無言でいたが、何事もなかったかのように、やはり自分の部屋へ消えて行った。自分たちが間違っていたことを詫びもせずに……。

その後、私は従姉たちから無視され続けた。

「悪いことなんかしていないのに一方的に責められる。世話になっている立場だから反論もできない……私はどうすればいいんだろう……」

この頃から私は自分の境遇について考えることが増えた。そして、「この家から出るにはどうすればいいの。パパ……早く迎えに来て……」――そう強く願うようになった。

それでも私は逃げなかった。泣かなかった。逃げたら負けだから、泣いたら負けだから。自分がやるべき仕事をやって、いつか父が迎えに来ることを信じてジッと待っていた。

アメリカに来て一年近くが経とうとしていた時、叔母の家の前に一台のシボレーステーションワゴンが停まった。ドアが開き、降り立ったのは、父だった。庭の芝刈りの仕事をしていた私は、父の姿を見た時、一瞬何が起きたのかわからなかった。

「ケイティー！」

両手を広げて私の名を呼ぶ姿を見て、ようやく状況が理解できた。ついに父が迎えに来てくれたのだ。

「パパッ！　パパッ！　パパッ!!」

私は叫んで父に駆け寄り抱きついた。もう十七歳になったのに、私は幼い頃のように父にしがみついた。そして、それまで堪《こら》えていた涙が一気に溢《あふ》れ落ちた――。

第二章　夢をつかむ旅

1

アメリカの西の果てのサンフランシスコから東の果てのニューヨークまでを結ぶ、大陸横断道路「ハイウェイ80」――。

全長四千六百六十六キロ。日本列島の北海道から九州までが直線で約千九百キロだから、その約二・四倍という信じられないほどの距離。アメリカ大陸がいかに広大かわかるだろう。

そのハイウェイ80を西から東へ、父のシボレーステーションワゴンに乗って、私たち家族三人の〝夢をつかむ旅〟が始まった。一九八一年夏、私が十七歳の時だった。

車に積み込んだ荷物は、炊飯器がひとつと布団と衣服類が入った何個かのスーツケース。そして父が五年間のアメリカの生活の中で必死に働いて貯めた五万ドル（当時の日本円で約千百万円）。それが我が家の全財産だった。

運転は父、助手席に私が座り、病弱な母は後部座席で横になっていた。

台湾で何年かぶりに会った時も思ったことだが、父はすごく逞《たくま》しくなっていた。ハンドルを握る手は料理の世界で鍛え上げられて、太く力強かった。

外見はもちろんのことだが、内面的にも台湾や日本時代には感じられない逞しさが伝わってきた。それは、父がアメリカという国でいかに揉《も》まれ戦ってきたかを物語っていた。

私にとっては叔母の家から脱出できたことよりも、ようやく父と母と三人で暮らせることの喜びのほうが大きかった。

父がいつもそばにいる——。

それがどれほど心強いことか……、どれほど心安まることか……。それは母も同じ思いだったに違いない。後部座席で横になって眠っているその顔は、穏やかで安らぎに満ちていた。

父は、台湾時代の母の過ちはもう忘れたかのように、いっさい触れることなく、優しく慈愛に満ちた眼差しと言葉で母に接した。

「大丈夫かい？　疲れてないかい。お腹が空いたら言ってくれ。ママの好きな炒飯をつくってあげるよ」

「ありがとう……パパ」

車の中には、暖かい空気が漂っていた。〝家族〟という空気が……。

でも、中華料理店を開くという父のアメリカンドリームを実現するのがどうして車の旅なのか、私にはわからなかった。その理由がわかったのは、旅を始めてしばらくしてからだった。

「ケイティー、電話ボックスを見かけたら教えて欲しい」

「電話ボックス……どうして？」

「公衆電話にある電話帳《イエローページ》で、その街にどれくらいの中華料理店があるかを調べるんだ」

「その数で、その街で中華料理がどれぐらい食べられているかがわかるだろ……。あまりレストランの数が多いのも困るが、少ないのも困る」

「多いとライバル店がいっぱいってことで、少ないとその街では中華料理店は人気がないってことね」

「そうだ。飲食店が成功するには、地域内に繁昌しているライバル店の存在が不可欠なんだ。需要と供給のバランスが保たれているということだからな」

「都会過ぎても難しいが、田舎過ぎるのはもっとダメだ」

「これは、と思った街には短期間でいいからそこで暮らしてみて、じっくり環境を調べる。そして〝ここなら〟という確信が持てる場所で勝負したいんだ！」

「……」

私は父の深い考え方に感銘を受けた。そして思った……家族の未来を賭けた勝負がこれから始まるんだ……と。私は心を引き締めて強く頷いた――。


旅を続けていく中で、父とはたくさん話し合った。父の言葉は私に「人生をどう生きるか」を教えてくれた。その言葉のおかげで、いつしかウォルナットクリークでの従姉たちとの苦い思い出も消えていった。

「人生には嫌なこと、辛いことはたくさんある。でもそれをいつまでも引きずっていたら、前に進めない」

「過去はいい思い出だけを引き出しにしまって、嫌な思い出はどんどん捨てる」

「いつも希望を持って未来を見て進むんだ」

「うん！」

旅芸人のように街から街へと渡り歩く日々だったけど、私には父から多くのことを学ぶことができた幸せな時間だった。

今振り返って思う……。あの旅は、「家族の絆」を取り戻すために必要なことだったのだ、と。いや、父はそれを考えて、あえて車の旅をしたに違いない。

五年間も離れて暮らし、その間いろいろなことがあった。家族が崩壊してもおかしくない事件が……。それでも何とか乗り越えてここまで来た。でも、これから商売、事業を始めるためには、家族の協力と支えがなければならない。その家族の絆を取り戻し、より強くするためには家族三人だけの時間が必要だと考えたに違いない。そのために、車で旅をするという選択をしたのだ。そう……あの旅は空白の五年間の「家族愛」を確かめ、絆を深めるための旅だったのだ――。

父は開業資金の目減りを少なくするため、立ち寄った街の飲食店で短期間のアルバイトをして、家族の生活費を稼いだ。父親が一生懸命に働いている姿を見ることは私にとって無言の教育となった。そして思った。私も父のような勤勉実直な人間になろうと。

すぐ終わると思った旅は、予想以上に長く続いた。父の満足する街がなかなか見つからなかったのだ。私たち一家は、今日はこの街、明日はあの街とモーテルを転々とする生活が続いた。カリフォルニアを出て、ネバダ、ユタ、ワイオミング……といくつもの州を通過した。このままでは、東海岸のニューヨークまで辿り着いてしまうんじゃないかと不安がよぎることもあった。でも私は信じていた。いつか、必ず父が気に入る街が現われると……。
そしてその日がやって来た――。

2

一九八三年――。サンフランシスコを出てから二年、旅はようやく終わりを告げる。私は一九歳になっていた。

「ここならきっと成功するはずだ」

父が力強く言い切った。その街は、アメリカ中西部にあるアイオワ州のデモイン。アイオワ州の中央部にあり、トウモロコシ、牧畜地帯の中心部のひとつ。日本の青森とほぼ同じ北緯四十一度付近に位置し、冬の寒さが厳しい土地だった。

「人口二十万人……。大きすぎもせず、小さすぎもせず、店を開くにはちょうどいい規模の街だ」

「パパの修業時代の友人が、この街で中華料理の繁盛店をやっているから、中華料理が好まれ、受け入れられる土壌があるのはわかっている」

「この土地は冬の寒さが厳しいから、中華の熱い麺《ヌードル》は絶対好かれる」

「アメリカ人はわかりやすい味が好きなんだ。酢豚や酸辣湯《スーラータン》のような甘酸っぱく辛いものほど、人気があるんだ」

「パパは何でも知っているね。きっとうまくいくわ！　私も一緒に働く、頑張る」

　母も続いた。

「私もできる限りのことはするわ！」

「ああ！　ママとケイティーの後押しがあれば百人力さ」

　父は私たちの肩を力強く抱いて、そう言った。


　この旅が終わる頃、奇跡が起きていた。台湾時代からあれほど病弱だった母が、普通の生活ができるくらいに回復していたのだ。

　父の許しと愛が母の心を癒し、それが身体の病をも治していったのだ。まさしく「病は気から」ということを実感させられた。母の顔色が日に日に良くなり、元気になっていくのを見るのは、嬉しく幸せなことだった。

デモインに到着した翌日から、父と私はまだ体力のない母をモーテルの部屋に残して中華料理店をオープンするためにデモインの街を東奔西走した。

店の候補地を探し、不動産業者を選定しては交渉した。ある日、私たちは運良く希望通りの居抜きの物件を見つけた。だけど、これまでレストラン経営の経験がなく、不動産契約などしたことがなかったので、思うように交渉は進まなかった。私たちの〝英語力〟の弱さが大きな壁として立ちはだかったのだ。

それでも、やっとの思いで見つけた理想の物件を諦める訳にはいかなかったから、六法全書ほどの厚さの英語辞典を携えて交渉に臨み、悪戦苦闘しながらもなんとか契約を結ぶことができた。

ただ、物件が予想していた金額より高かったので資金不足に陥ってしまった。父はデモインにいる友人に頼んでなんとか不足分を調達した。こうして、父の中華料理店を開くという夢は実現に向かって進んで行った。

この時の体験でわかったことは、世の中には、どうにもならないと思えることでも「諦めずにやれば、必ずなんとかなる、叶う、手に入れられるんだ」ということだった。

このことは、その後の私の人生における〝矜持《きょうじ》〟〝哲学〟となった——。


そして、父の夢の中華料理店「北京飯店」は開店した。

完成した店の前に私たち一家三人は立ち、その店をしみじみと眺めた。言葉にはできない感動、感激で身体が震えたのを今でもハッキリ憶えている。

「パパ、ついに自分のお店を持ったね」と私。

「おめでとう……」と涙ぐむ母。

「うん……でも本当の勝負はこれからだ。スタート台に立ったばかりだからな……」

「たくさん借金をしたが、そんなものは頑張って働けばすぐに返せるさ。いや返してみせる！」

「これまで辛い思いをさせてばかりだったが、これからは家族一緒だ。必ず幸せにしてみせるからな」

「パパ、私も協力する！　私も一緒に働くからね」

「いや、お前は働かなくていい」

「どうして？　私も家族の一員として……」

「お前には学校に行って欲しい。ちゃんとした教育を受けさせたいんだ。台湾では中学までしか行っていないから、この国でお前のアメリカンドリームをつかむためにも、教育を受けさせたい。高校に行って欲しい」

「……わかった私、高校に行く」


こうして店はオープンし、私は高校へ通うことになった。高校の授業を終えると、私は一直線で家に戻ってカバンを置くとすぐ店に行き、掃除や仕込みなど、レストランの裏方の仕事を手伝った。

店内はおよそ百四十席。入口から見て左奥がバーカウンター。フロアには丸テーブルなど大小のテーブルが置かれている。本場中国の高級中華料理店の趣《おもむき》を思わせるつくりだった。

「寒い街では、甘酸っぱくて温かい中華料理はアメリカ人には受けるはずだ」

という父の予想どおり、店はオープンしてすぐに繁昌店の仲間入りをした。料理の美味しさが口コミで広がり、連日、お客さんが殺到したのだ。

お客さんの笑い声と楽しそうな雰囲気で埋め尽くされた空間はいつも混み合い、忙しく働き回るスタッフは、他のどのレストランにも負けないくらい活気に満ち溢れていた。私は店の隅から、その光景を見るのが大好きだった。

高校に通うようになって、私の英語力はみるみる上達した。誰とでも不自由なくコミュニケーションが取れるようになった。オープンから半年経つと、私は裏方を卒業して、フロアやキャッシャーの仕事を手伝うようになる。

そして父は私に経理も担当させた。父がオーナー兼調理長で忙しくて経理面まで手が回らないので、娘の私にその役を任せてくれた。「お金の管理だけは他人ではなく身内に」というのが父の考えだったのだ。

本来なら妻である母がやればいいのだろうけど、病弱な母には負担をかけたくないという父の心配りだった。二十歳そこそこで大金を管理する大役を与えられた私は必死になって経理を勉強した。

後に私が数字に強いと言われるのは、この時経験を積んだからなのだ。

また、経理をやりながら、バーテンダーの仕事も手伝った。これも現在のナイトクラブをやる時に役立った。お酒に関する知識はこの当時に培われた。

今、振り返って思うことは「人生、若い時は何でも経験しておいたほうがいい」ということ。「すべてが肥料になる」という古《いにしえ》の人の言うとおりだとつくづく思う……。

店が完全に軌道に乗り、月の売上げが十三万ドル（当時の日本円で約三千万円）を超えた頃……その現実感のない大きな金額に驚いて、私は父に言った。

「すごい数字だね！　ベンツとかが現金で買えちゃうんじゃないの!!」

「いやいや、レストランの経営はそんなに甘いもんじゃないよ。この売上げから家賃、食材費、人件費などを引いて、借金を返し、さらに今後の運転資金の蓄えもしなければならないんだから……」

「そうすると手元にはいくら残るの？」

「手元に残るお金はパパのものではなく、会社のものなんだよ」

「……なんだかよくわからないけど……でも私たちは、もう貧乏じゃないんだよね」

「ああ、それだけは大丈夫！　もう貧乏なんかじゃない!!」

その頃の私にとって何が嬉しかったかと言うと……、時々フラッシュバックのように思い出していた貧しかった幼い頃のことや、夜市で働いていた少女時代のこと、そしてウォルナットクリークでの悪夢――それらがすっかり記憶の中から消えていたことだった。


家族三人で食事をする時間が何より好きだった。その幸福な時間、私は父に質問ばかりしていた。

「自分の店を持ってどんな感じなの？」

「急にどうしたんだい？」

「この頃、パパとても輝いている。私もいつかは輝けるかなと思って……」

「パパは、ただ一生懸命働いているだけだよ」

「それだけ？」

「うーん……そうだな。来てくれたお客さん全員に喜んでもらって、笑顔で帰ってもらえるように努力はしているつもりだ。人を笑顔にできる職業なんて、コメディアン以外にそうそうないからね」

「なるほどね……」

「あとは従業員のことをいつも考えているかな。パパにとってはお店で働いてくれている人は、みんな〝ファミリー〟だからね。つねにみんなの幸せを考えているよ」

「パパのおかげで、みんな楽しそうだよ。あとはないの？　どんなに難しいことでもいいから何でも教えて」

「そうだな……。もちろんレストランはビジネスとしてやっているから、お金を稼がないとやっている意味がないが、今はお客さんも〝ファミリー〟も含めて、みんなの笑顔を見たいと思ってやっている。

それがお店をやっていく中で、一番大切なことなんじゃないかと、最近思うようになった」

「なんだかわかる気がする。飲食業ってサービス業だものね。私たちが良いサービスをして、お客さんのほうから先にお礼を言われると、すごく嬉しいものね。本当は来てくださったんだから、こっちがお礼を言わなくちゃならないのに……」

「ケイティーはサービス業の本質をつかんだようだね」

私と父の会話を母はいつも黙って微笑んで聞いていた。自分がつくった料理が冷めてしまっても……。きっとそれは、母にとっても幸せな時間だったのだと思う。父親に対して対等に近い会話をする娘の成長を感じていてくれたんだと思う――。

3

私は高校卒業後、大学に進学した。本当は店の仕事に専念したかったけど、「大学は行きなさい」という父の言葉に従った。私は父を尊敬していたから、父の言うことに間違いはないと思っていたのだ。

そしてこの頃になると、私の心の中に変化が起き始めていた。幼い頃のファッションデザイナーになりたいという夢は消え、現実的な自分の夢は何かということを、真剣に考え始めていたのだ。

朧《おぼろ》げながら考えたのは、「自分もいつかパパのようになりたい……」ということだった。レストランの現場でさまざまなことを勉強させてもらっているうちに、〝自分もレストランを経営してみたい〟と思うようになったのだ。

父の成功例を見ていたから、ネガティブなことはいっさい考えなかった。レストランを成功へ導くためにはどうすればいいかをいつも考えるようになっていた。

繁昌しているライバル店に対しても嫉妬を抱いたりせず、同じように成功するにはどうすればいいか……ポジティブなことを考え続けていた。

目の前にいる父の存在は大きかった。「自分を信じて努力すれば夢は叶う」と言って、本当に夢を実現した父が羨《うらや》ましかった。「いつかは私も……」と思うようになったのは、必然であり当然だったと思う。

そんな私にチャンスがやって来た――。

父の店の快進撃を見ていた地元の開発業者《デベロッパー》が、デモイン郊外に新しくできたショッピングモールに「北京飯店」の支店を出さないかと言って来たのだ。父はかねが支店を出したいと考えていたから、この話に乗ることにした。そして……。

「ケイティー、お前に二号店を任せてみようと思うが、やってみるか」

「えっ!?　わ、私に二号店を……」

「お前が自分でもレストランを経営してみたいと考えているのは、薄々わかっていたよ。資金はパパが出してやる。店舗のデザインから何から、すべて自分でやってみるがいい！」

「パパッ！」

私は飛び上がって喜んだ。父に抱きつき、どれだけ感謝の言葉を言ったことか――。

私は大学を中退し、このプロジェクトに専念した。契約から店舗デザイン、スタッフ集め、メニューの考案……、父のバックアップを受けながら、昼夜を問わず頑張った。

そして、一九八六年、「中華飯店（China Palace Restaurant）」はオープンした。本店の名声があったから、この二号店も成功した。私は本店、支店双方を総合プロデュースする地位に就いて、忙しい日々を送った。

私自身はもちろんのこと、スタッフたちにもどんなお客さんに対しても丁寧な接客サービスを心がけるように教育をした。子供の頃、日本のお店で受けたお姫さまになったような気分にさせてくれる、日本人ならではのあの〝おもてなし〟の心を……。

「いらっしゃいませ、ようこそお越しくださいました。先週の木曜日はありがとうございました」

「この店には、まだ数回しか来たことがないのに、私のことをちゃんと覚えていてくれたなんて……。ありがとう」

日本に住んでいたことが、大きな力となったのだ。

私が考えていたフロアサービスの信念は、「お客さんが不快になると思われることは絶対にしないこと」だった。例えば、「頻繁に顔や髪の毛を触ったり、ゴミを拾ったのに手を消毒しなかったり」とか……。当たり前のことのようだけど、アメリカという何事も大雑把で繊細さに欠ける国民性の国では、結構大変なことなのだ。

お客さんに喜ばれることをつねに考えていた。常連客の顔と好みはすべて覚えるようにした。特定のお客さんばかりを贔屓《ひいき》にせず、どのお客さんに対しても平等に接するように心がけた。

本店、支店ともデモイン市民には何度も通いたくなる、居心地の良い店として認知され、同業者が羨ましがるほどの客足の絶えない繁昌店になっていた——。

4

二店舗目のオープンから二年後の一九八八年。とんでもないビッグ・オファーが来た——。

ミネソタ州セントポールにあるワールドトレーディングセンターのデベロッパーから、テナント誘致を受けたのだ。

セントポールは、デモインから北へ二百五十マイル（約四百キロ）。車で四時間の距離にあるミネソタ州の州都だ。近くをアメリカ最長の川・ミシシッピー川が流れ、古くはミシシッピー川水運の終点の街として栄え、鉄道網が発達してからは、ノーザン・パシフィックやグレート・ノーザン鉄道の起点として発展した、人口約二十八万人の都市である。

デモインよりもさらに北にあることから、冬の寒さはデモイン以上に厳しく、外出する時は車のエンジンを最低三十分はかけて、暖めてからでないと発進できないほどだった。

また、ビルからビルへ移動する時は、外を歩くには厳寒すぎるので、住民はスカイウォークを利用していた。


そんな寒い土地だから、熱い中華料理はセントポール市民に人気があった。そのセントポールに、デモインの父の店の評判は届いていたのだ。

この話を聞いた時、私は「独立のチャンスが来た！」と思った。セントポールは何度か行ったことがあり、中国人がチェーン店を展開する同じ名前の中華料理店が数店舗あり、どの店も繁盛していたのを知っていた。

中華料理店が受け入れられる下地は十分にある。出店すれば必ず成功すると思った。父も当然そう考えているに違いない。


すでにふたつの店を切り盛りして、自信を持っていた私は、父にセントポールに新

しくつくる店は自分に社長をやらせて欲しいと願い出た。即座に「ＯＫ」してくれると思っていたが、

「パパは反対だな」と言われてしまった。

「え？　どうして？　セントポールのワールドトレーディングセンターといったら一流よ！　飲食店のフロアには高級店ばかりが入っているのよ。

そこに誘致されたってことは、ウチの店も一流と評価されたってことよ！　高級店の称号を得られるチャンスよ」

「場所が一流ということは、家賃が高いということだ。パパの店は繁昌はしているが、どちらかというとカジュアルな値段設定で、高級店ではない」

「なら、高級店を目指すべきよ！　ここまで来たら、もっとChef Wang's China Palace Restaurant の名を上げるべきよ」

「……」

「私、パパと一緒にこの仕事をやって来て、いつからか、自分でも店を経営してみたい、自分の店を持ってみたいというのが夢になったの。

パパがアメリカンドリームを実現したように、私も私のアメリカンドリームを実現してみたいのよ!!」

「……高級店を目指すというが、具体的にはどうするか考えているのか？」

「コンセプトは〝フレンチ・チャイニーズ〟。女性を標的《ターゲット》に美しい盛り付けで少しずつ美味しいものを提供する。

香港の一流ホテルのレストランでは、そのスタイルが流行《はや》り出しているの。先取りしてやりたいの。お願いパパ、やらせて!!」

「社長でやりたいってことは、すべてひとりで決断しなければならないということだぞ」

「責任も全部自分で負わなければならないということだ。その覚悟はあるのか？」

「わかってるわ！　もちろんあるわよ!!」

「……」

父はしばらく考えていた。それはほんの数分だったけど、私には、三十分にも一時間にも感じられる長い沈黙だった。そしておもむろに口が開かれ、吐き出された言葉は、

「お前はここまでパパの片腕として本当によくやってくれた。お前の勘はこれまで外れたことがなかった。お前を信じてやらせてやろう」

というものだった。

「パパ！　ありがとう！」

父は三十六万ドル（当時の日本円で約四千七百万円）の資金提供と、デモイン本店の主力料理人を派遣してくれることを約束してくれた。そして厳しいアドバイスも……。

「いいか。店の誰よりも働くんだぞ。誰よりも早く店に出て、誰よりも遅くまで残って働くんだ!!」

「従業員の先頭に立って、従業員の手本となるようにならなければならない」

「そして〝ファミリー〟となる仲間たちを守る経営者となるんだぞ!!」

「わかってる！」

その時の父の決断は、「獅子が我が子を千仞《せんじん》の谷に投げ落とす」気持ちだったに違いない。自分の子がより強くなるように鍛えるために、あえて苦難の環境を与えようという、あの言い伝えのように――。

5

そして私は一国一城の主となった。わずか二十三歳の時だった――。

父のレストランでの経験が活きたこともあって、開店準備は順調に進み、私の店は予定どおりにオープンした。オープン後の最初の一カ月間、ランチタイムは当初の計画の集客数を上回ったが、ディナータイムは予定を大幅に下回り、目標の売上げを達成することができなかった。

最初のうちは、まだ知られていないから……認知されていないからだ……と思って楽観視していた。でもその状況が二カ月目も続くと、さすがに不安になった。

そして三カ月目に入る頃には、私と料理長の間で深刻なミーティングを重ねることが多くなっていた。

「フレンチ・チャイニーズを認知してもらうことが第一ね……。どうすればいいと思う?」

「……ケイティー、フレンチ・チャイニーズという文化は、もしかしたらミネソタではまだ早いのかもしれない」

「それって……どういうこと？」

「ここのお客さんが求めているのは、もっとオーソドックスなメニューじゃないかってことだよ」

「私の方向性が間違っているとは思わない。問題はメニューだと思うの。もっとお客さんを喜ばせる斬新なメニューを考えて欲しいの」

「このレストランならではの目玉になるようなスペシャリテを！」

「ヌードルと春巻のセットが一番喜ばれると思うんだけど……」

「フレンチ・チャイニーズという文化をこの地に根づかせるのが、私たちのレストランの使命でしょ？」

「そうではなくて……郊外にあるチャイニーズレストランチェーンのようなメニューがここの人は好きなんだよ。だから、まずはお客さんにこの店に足を運んでもらう近道の話をしているんだよ、私は……」

　私は夢を追いかけ、料理長は現実を直視していた。それは私にもわかっていた。でも私は譲ることはできなかった。父とは違うやり方で成功しなければ……。でないと私は、ずっと父の手の上で踊り続けることになる。

父は尊敬しているけれど、ライバルでもあったのだ――。


どちらの意見も正しいが、両者に考え方の違いがある場合、最終的には立場の上の者の意見が優先される。この場合は、オーナーである私の意見ということになる。スタートダッシュには失敗したかもしれないけど、ランチのお客さんは入っていたし、夜のお客さんも少しずつは増えていたから、私は妥協することはせず、自分の考えを押し通した。


でも、経験豊富で実績のある料理長は、表面では従っていても、心の中では納得していなかった。日本語ではこういうのを〝面従腹背《めんじゅうふくはい》〟と言うみたいだけど……。

結果的に料理長は、私の顔色を伺いながら仕事をするようになり、お客さんの笑顔を引き出す料理をつくることに集中できなくなるという悪循環が起きてしまった。すべては私の未熟さのせいだった。

それでもディナータイムの売上げは微増だが、確実に上昇カーブを描き始めていた。私は挽回できる自信を失っていなかった。そんな時に、店の状態を一気に悪化させる災難に見舞われる。

衛生管理局の局員《オフィサー》になぜか私の店が目をつけられてしまったのだ。

これはとてもやっかいなことだった。アメリカの場合、州にもよるのだが、衛生管理局のオフィサーに害虫駆除や、水の温度管理などで指導を受けると、すぐさま営業停止にさせられてしまうのだ。

オフィサーは何度も店にやって来て細かいところを隅々までチェックし、ほんの少しの規準値オーバーも見逃してはくれなかった。まさに嫌がらせとしか思えないくらいに……。

そんなオフィサーの行動に私は苛立ち抗議した。

「なぜ、そんなところまで細かくチェックするの？」

「規則ですから」

「このフロアの他のすべての店も同じようにチェックしているの？」

「規則ですから」

何を訊いても同じ答えの繰り返しだった。さらにやっかいなのは、オフィサーによる再検査で許可が出ないと、営業再開ができない規則になっているということだった。

家賃だけを払い続けて営業再開許可が出ない場合もあるのだ。再検査の判断のほとんどがオフィサーの気紛れだという噂もある。

衛生管理局のマニュアルどおりに徹底して衛生管理をやった。どこを突つかれても大丈夫というくらいにやった。そして、営業再開――。

客足は徐々に回復……これならやって行ける！　と思った矢先、またオフィサーがやって来た。そして、他の店では見逃されるような本当に些細なことでまた営業停止になってしまう……。

こんなことが数回繰り返され……私の店の経営は、少しずつ傾いていった。明らかに客足が遠退いていくのはわかっていたが、衛生管理局のオフィサーが相手ではどうすることもできず、ただただ呆然としているしかなかった。

そして、オープンから一年半後、私が立ち上げたフレンチ・チャイニーズの店は、実質的に経営破綻した。


後にある噂が入って来た……。オフィサーによる妨害の背後には、セントポールにある他の同業チェーン店が存在していた、と。だが、すべては後の祭りだった。すべては、私の至らなさ、未熟さだった。私がもう少し商売には表と裏があるということを知っていたら……もう少し狡智《こうち》に長《た》けた大人だったら……。

私の周囲にいたスタッフたちの声に耳を傾けなかったことも強く反省した。特に料理長の……。とにかく、私は挫折した。父から出資してもらった三十六万ドルという大金を失ってしまったのだ――。

6

私の失敗に対して両親は何も言わなかった。

『誰でも失敗、挫折はある。問題はそこから何を学ぶかだ』

父は、そう言ってくれた。『後は自分で考えなさい』とも……。

私は、しばらくひとりで部屋に閉じ籠もり、自問自答した。

「どうして、こんなことになってしまったんだろう」

「何が悪かったの……。私のどこが悪かったの……」

でも、いつまでも孤独に浸《ひた》るのは、私の性分ではない。私は高校時代の友人たちに手当りしだい電話しまくった。

「私、破産しちゃった。やれると思ったんだけどさ……。世の中そんなに甘くなかったわ」

「落ち込んでいるかって？　そりゃあね……。でも、前向きに考えることにしたの。この若さではなかなか経験できないこと、経験しちゃったんだからさ。この失敗から学んだことを、これからの人生に生かさないともったいないよね」

『……ケイティーらしいね』

「何が？」

『ケイティーは、本当にポジティブだよね。普通の人間なら、たとえお父さんのお金だろうと、三十六万ドルも吹っ飛ばしたら、人生終わりぐらい落ち込むのに……』

「悩んだり、クヨクヨしても何も始まんないからね……。私、まだ二十四歳だし、人生いくらでもやり直し聞く年齢だからさ！」

『あんたって、絶対普通の人間と違うよ。昔っから、男に振られても立ち直りが早かったし……タフというか、切り替えが早いというか……それって絶対才能だよ』

「誉められてんだか、バカにされてんだか……」

『誉めているんだよ。とにかくケイティーは並の人間じゃないってこと！』

「ありがと……」

『で、これからどうするの？　デモインに帰って来るんでしょう？』

「デモインには帰らない……」

『え、どうして？　お父さんに投資してもらったお金を全部失くしてしまったんだから、とりあえず両親の元に戻るのが筋なんじゃない』

「それはそうかもしれないけど……。そうしたら、またパパに甘えちゃいそうな気がする。もうこれ以上パパに迷惑かけたくないから、私ひとりで生きて行こうって決めたの！」

『ひとりで生きて行くって……。具体的にどうするつもりよ？』

「いま思ったんだけど……、せっかくアメリカにいるのに、一回ぐらいは大都市で暮らさないのはもったいないないよね」

『どういう意味？』

「ニューヨーク《NY》か、ロサンゼルス《LA》に住んでみようと思う！」

『NYかLA!?』

「そうよ。決めたわ！」

『ちょ、ちょっと、本気で言ってんの！　そんな簡単に……』

「本能よ！　私の本能がそうしたい、そうしなさいって言っているの!!」

誰にだって失敗はある。ただ、その失敗から立ち直る時間の長さは人さまざまだ。私の場合は早かった。友達が言うように、私は人並み外れてポジティブな人間だと言っていい。とにかく、思い立ったが何とやら、すぐに行動に移した——。

ハイウェイ80を西へ車を飛ばす。途中、ソルトレイクシティからハイウェイ15に入り、ラスベガスを経由して、セントポールからロサンゼルスまで約千九百マイル（約三千キロ）。今度はアメリカ大陸を東から西へ旅することになった。

結局、私はデモインには帰らず、ＬＡ行きは電話で両親に伝えた。私は車を運転しながら、両親との会話を思い出していた。デモインには戻らないことを父に告げた時、父は怪訝《けげん》な声で聞いた。

『なぜ戻って来ないんだ？』

「……挫折していろいろ考えた時、私あることに気づいたの。レストランをやる、やりたいというのは私の夢じゃなかったって」

『レストランはケイティーの夢じゃなかった？』

「そう、レストランはパパの夢だよね。私はパパの夢を手助けしているうちに、それが自分の夢だと思い込んでいたのよ」

「私の夢は他にあった。私がやりたい夢は別だった。と、気がついたの」

『……その夢とは？』

「ファッションデザイナーになること！　だからNYに行って、その勉強をしようと思う」

『……子供の頃の夢だったな。でも、逃げで言っているんじゃないのか？』

「逃げなんかじゃない。だから、パパの援助はいらない。自分の夢は自分の力でつかみたいから!!」

『お前の気持ちはわかった。ママに相談してみる』

そして、しばらくしてから母からも電話がかかってきた。

『パパから聞いたわ』

「ダメ？」

『あなたの好きなようにしなさい』

「ありがとう、ママ！」

『でも、NYはだめ！　LAにしなさい』

「どうしてNYはダメなの？」

『ママ、寒いところは苦手なの。LAは一年中天気が良くて暖かいでしょ。だから……』

「……わかったわ。それじゃ、LAにする」

母は嘘をつくのが下手な人だ。母の声のトーン、喋り方でなぜNYがダメなのかわかった。当時のNYは暴力と犯罪が多発する〝最も危険な街《モースト・デンジャラス・シティ》〟だったから……。そんな街に娘をやりたくないと思うのは当然のことだろう。母はさらに続けた。

『でもケイティー、これだけは守って。パパから出してもらったお金はちゃんと返しなさい。お金の貸し借りだけはたとえ親子の間でもきちんとけじめをつけること！　いっぺんに返せなくても少しずつでもいいから返済しなさい。それが人としての当然の道だから』

「……わかっ…た」

母はめったに説教がましいことを言わない人だけど、この時だけは、ハッキリ言った。だから、よけいに心に刻まれ、私は心に誓った。

「新しい街で、まず自分の生活をきちんとしよう。そしてそれが確立できたら、毎月わずかでもいいからパパにきちんと恩返ししよう!!」

私は両親から違う形の愛をたっぷり受けて育った幸せ者だった——。

7

LA《ロサンゼルス》――。カリフォルニア州南西部太平洋に面する大都市。LA都市圏では、人口千四百万人（当時）を超え、ニューヨーク、シカゴに次ぐ合衆国第三の都市。

LAは巨大な街だった。紺碧の空と乾いた空気、映画の都ハリウッドがあり、大富豪の邸宅が建ち並ぶビバリーヒルズがある。サンタモニカビーチや、マンハッタンビーチには若者が集まり、サーフィンやローラースケートに興じている。白人、黒人、メキシコ系、アジア系……の多人種社会。私がこれまで住んだどの都市より変化に富み、エキサイティングな街だった。

街の中心部の巨大なビル群の雑踏の中にいると、自分がなんとちっぽけな存在かを思い知らされる。

「私ひとりがいなくなったところで、誰も気がつかない。困らないだろうな……」

「でも、私は埋もれない！　こんな小さな人間だけど、私はここにいるってこと、気づかせてみせる!!」

「このＬＡの社会をあっと驚かすことができる人間になってやる‼」

理由も自信もあるわけではないが雑踏の中、心のうちでそう叫んでいた。巨大なＬＡという街に打ちのめされないために――。

ＬＡは、映画産業や服飾産業《アパレル》の街だ。ユダヤ系が牛耳っていると言っていい……。ファッションデザイナーになるためには、とにかくアパレル業界の仕事に就くことだった。私は、ブティックで販売員のアルバイトを始めた。


ＬＡの街を歩いていると、日本人を多く見かけた。中心部には、〝リトル・トーキョー〟と呼ばれる日本人街もあった。それら〝人〟や〝街〟で日本と接する度に、遠い懐かしい記憶が甦った……。幼い頃、日本に住んでいた頃のことが鮮やかに思い出された。

漫画「エースをねらえ！」のこと、神戸で食べた美味しいお刺身のこと、大阪の鶴橋でお腹いっぱいになるまで食べた焼肉のこと……、そして日本人の心温まる〝おもてなし〟――。

大好きだった日本の文化にもう一度触れてみたい。私はリトル・トーキョーで、日本人向けの新聞を購入してみた。だが、思わず愕然《がくぜん》とした。その新聞を読むことができなかった。日本語をほとんど忘れてしまっていたのだ――。

私は猛烈にもう一度日本語を覚えたい、学びたいと思った。大好きだった日本、楽しい思い出がいっぱい詰まった日本の街のこと、とても親切だった日本人の知り合いのこと……。再び日本の文化をこの眼と肌で感じ取り、触れ合いたいと切に思った――。

とにかく日本人向けの新聞を日本語の辞書を片手に読んでみた。すると、ある求人広告が目に入った。日本人向けナイトクラブの――。

〝カクテルウェイトレス募集。高時給保証〟

「ナイトクラブって、どんな業態なんだろう……」

「カクテルウェイトレスって、どんな仕事をするんだろう?」

「ウェイトレスっていうからには接客よね。そういう仕事は嫌いじゃないわ。というよりも好き！　ずっとレストランでやって来たから、むしろ得意よね」

「それに日本人向けってことは、お客さんは日本人ってことだから、お給料をもらいながら、忘れてしまった日本語の勉強もできる。一石二鳥じゃん！」

「でも、何より高時給というのが魅力よね!!」

正直言って、その時の私は日本語を勉強したい気持ちもあったけど、父への借金返済やひとり暮らしでの資金が足りないため、高時給の仕事を探していたというのが本音だった。

こうして私は日本式ナイトクラブの世界で働くことにしたのだ。後年……、自分で言うのは恥ずかしいけれど、〝LAの女帝〟と呼ばれることになる私の夜人生のきっかけは、「日本の文化に触れたいという好奇心と、高い時給に釣られて」のものだった——。

第三章　伝説の始まり

1

一九八九年一月——。翌月には二十五歳の誕生日を迎える、二十四歳も終わろうとしている時、私は夜の世界に飛び込んだ。

新聞の求人広告で見つけたカクテルウェイトレスの面接を受けるため、日本人向けナイトクラブの事務所の扉を叩いた。事務所で緊張した顔で待っていると、凛《りん》としたパンツスーツ姿のオーナーと名乗る日本人女性がやって来て、

「あなた、何歳？」

「……二十四歳です」

それだけ聞くと、大きく頷いて、

「ＯＫ！　今日から働ける？」

といきなり言った。私もそのつもりで来ていた。

「もちろん」

「じゃあ、すぐに服を用意するから、ここで待っていて」

即断即決。仕事は何事もこうでなくちゃ！　このオーナーとは気が合うかも……。

求人広告に書いてあったカクテルウェイトレスというのは、バーテンがつくったカクテルをお客さんの席まで運ぶ仕事で、制服というのがあるとしたら日本式のお店なのだから当然、着物か古風な日本の衣装だろうと、勝手に思い込んでいた。

ところがオーナーが持って来たのは、胸元が大きく開いた真っ赤なロングドレスだった。その時、自分がカクテルウェイトレスという仕事を勘違いしていたことに初めて気づいた……。

「こんなドレスを着て、いったい何をするんだろう。まったく日本らしい感じがしないし……」

そう思いながらも胸の大きさに自信を持っていた私は、事務所でそのロングドレスを見事に着こなし、スタッフに披露してみせた。

「とてもよく似合うよ」

と、ベテランだと思われる日本人の黒服が持ち上げてくれた。もちろん褒められて悪い気はしない……。オーナーは、それがお世辞かどうかわからないけど、親指を立てて「ＯＫ」と言ってくれた。

「次に店でのあなたの名前だけど……」

「……？」

その意味がわからず怪訝な表情を浮かべた私に、オーナーは言った。

「夜の世界では本名を使うことはほとんどないの。源氏名という仮の名前をつけるのが、日本の夜の世界では常識なのよ。芸能界の芸名みたいなものね」

（なるほど……。だったら……〝FeiFei《フィーフィー》〟がいいな）

（欧陽《オウヤン》菲菲《フィーフィー》の菲菲《フィーフィー》……。私、台湾人だから台湾の歌姫にちなんで……）

お客さんのほとんどが日本人だということはわかっていたから、日本人にはなさそうな名前をつければ、上達するまであまり日本語を話さなくてすむかもしれない、という計算も働いて、その名を言った。ところがオーナーママは、

「欧陽菲菲の菲菲か……。もろに台湾人とわかる名前ね。ウチは日本人相手だから、やっぱり日本的な名がいいわね。〝茶々〟ってのはどう？」

「茶々……？」

「日本の戦国時代の女性の名前……。織田信長の姪《めい》で、後に豊臣秀吉の側室、淀君となった人。日本人ならほとんどの人が知っている名前だわ」

「茶々……。響きはいいな」

その時、私はそう思った。その名前の響きにダンスのような明るく楽しいものを感じたので、オーナーの提案に従うことにした。

「わかりました。別に他の名前にこだわりがあるわけじゃないので、私、オーナーの言うとおり、〝茶々〟にします」

この瞬間、後にLAの夜の街で伝説をつくり上げることになる〝茶々〟が誕生したのである――。

2

開店時刻となったナイトクラブの店内は、薄暗く照明が落とされていた。私はじっくりと店内に目を凝らした。

奥のセンターには小さいステージがあった。そのステージに向かって放射線上に、およそ全部で五十人は座れそうなボックス席が並んでいる。そのボックス席では、すでにオープン直後から、楽しそうに女性店員と話をしているグループ客がいた。お客さんはみんな、一様に笑い、気持ち良さそうにウィスキーグラスを口に運んでいる。女性店員の衣装は、どれも私が身につけているドレス同様、胸元が大胆にカットされていたり、脚線美が露骨にわかるスリットの入ったセクシーなドレスばかりだ。

「カクテルを運ぶわけでもなく……ああしてお客さんの横に座って、お酒を飲みながら話の相手をするだけ……。あれがカクテルウェイトレスの仕事なの？」

「だとしたら、日本式のサービスって、変わっている……」

私は、〝日本の文化〟を訝《いぶか》しんだ。アメリカでは、お客さんの隣に座って接客するというサービスはなかったから……。正直、この接客サービスの光景には軽いカルチャーショックを受けていた。その動揺がおさまらない状態で、黒服のひとりがやって来て、「茶々さん、三番テーブルにお願いします」と声をかけられた。

私は何が何だかわからないまま、指示された席へ向かった。そこには、髪を七・三に分けたスーツ姿の日本人がポツンとひとりでいた。私は緊張した顔で、その人の隣に座った。その人は、にこにこ笑いながら日本語で話しかけて来る。日本語がわからない私は、どう答えていいか戸惑った。そして、思わず口をついて出た言葉は、「ハ、ハロー」……。

英語だった。お客さんの笑顔は消え、今度は驚きの表情を見せながら、英語で話しかけてきた。

「君のオッパイ、すごいねえ！」

私の胸の谷間をしげしげと見つめてそう言った。

あまりにストレートに言われたので、私はドギマギして顔を真っ赤にして俯《うつむ》いていた。すると彼は私の手を握った。

「名前を聞いてなかったね……教えてくれるかい」

「……」

「ホワッツ・ユア・ネーム？」

「……」

「いったいどうなってんだ、名前も教えないなんて」

お客さんがだんだんと苛立ち始めたのはわかった。でも、緊張して動揺している私は、どう答えていいかわからず、どうすることもできずにいた。

「まあ、いいや！　触《タッチ》んのはＯＫだよな」

するとそのお客さんは、そう言って、私の胸をムンズとつかんだ。私は咄嗟《とっさ》に、「何するんですか！」と英語で叫んで、そのお客さんの頬を張ってしまった。ほとんど反射的に……。

「何するんだ、この女っ！」

お客さんは日本語で怒った。周囲のお客さんと店員がいっせいにこちらを見る。黒服が飛んで来た。

「すみません。この娘《こ》初日なんで緊張しちゃって……」

「ホラ、茶々、お前も謝るんだ！」

なぜ謝るのかわからない。でも、黒服が必死に頭を下げているのを見たら、私もそうしなければいけないということは伝わった。

「ソ…ソーリー……。ゴメンなさい……」


控室で、私は黒服にこっぴどく叱られた。

「ここはそういう店なんだよ。お客さんの隣に座って話をしながら楽しく飲んでもらう。中にはあのお客さんのように軽いボディタッチをしてくる人もいるが、そこは機転を利かせてうまく対応するんだ。こういう仕事だからこそ、普通のアルバイトよりも良い時給がもらえるんだ。割り切ってやれよ!!」

「……」

初日を終えて帰宅する車中、私はひとりで唇を噛んで泣きたい気持ちを抑えていた。

口惜《くや》しい……。ただただ口惜しかった。なぜ口惜しかったのか？

〝誇り《プライド》〟を傷つけられたから……。

私はこれまでの人生で、どんなに貧乏でも身体を売ることだけは絶対にしないと心に誓っていた。台湾時代、周囲の私と似たような境遇の女の子たちが、身体を売って小遣い稼ぎをしていたけど、私はそこまでしてお金を稼ごうとは思わなかった。

ガキ大将でちょっぴりワルではあったけれど、売春行為だけは絶対にしないと強く自分に言い聞かせていたのだ。それが貧乏時代の私の唯一の矜持であり誇りだった。

なのに……ナイトクラブでまるで売春婦のような扱いを受けた。そういう女に見られたことが屈辱だった。

「……いくら昼間のブティックの時給の二倍以上稼げるといっても、身体を売るようなことは絶対できない」

「辞めよう！　この仕事は一日で辞めよう」

次の日、店には「辞める」と連絡を入れた。こうして私の夜体験はたった一日で挫折した――。

でも、辞めて数日経つうちに、父に言われたことが頭をよぎった。

『どんな仕事でもラクに稼げる仕事はないんだ。どの仕事にも他人にはわからない辛い部分、影の部分はある。でも、その仕事が存在するということは、その仕事を必要としている人がいるということだ』

そして、私は思った——。

「そうか……あのお店が存在しているということは、ああいうお店を必要としている人もいるってことよね……」

そう考えて思い出せば、確かにボディタッチをされるのは嫌だけど、あのお店に来ていたお客さんたちは女性と話をしている時、実に楽しそうな笑顔をしていた。心からくつろいでいるというか……、リラックスしている感じだった。

「あの店に来る日本人は、ほとんどが日本から来ている駐在員か、出張の企業戦士だ」

「昼間はハードにビジネスをこなして、夜くらいは女性のいる店で仕事を忘れて、ノンビリしたいんだ」

「あの店はそういう人たちのために存在しているんだ。日本人の接客は〝おもてなし〟の心だ……。あれが日本式ナイトクラブの〝おもてなし〟なんだ!!」

そう悟ったら、心が軽くなった。お客さんに笑顔になってもらうのは、チャイニーズレストランもナイトクラブも同じじゃないか！

負けず嫌いだった私は、高時給にも魅《ひ》かれていたが、もう一度日本のナイトクラブに挑戦したいと強く思い始めた。

そして店を替え、源氏名もＥ《エ》ｍ《ミ》ｉに変えて、再びナイトクラブで働き出した。

新しい店では積極的にお客さんに合わせるようにした。お客さん側の立場になって考えれば、どういう接客をすればいいかがわかるようになった。

昼の仕事で成功していれば、一緒に喜んで祝ってあげ、失敗したなら愚痴を聞いてあげて励ましてあげる。

憂さを晴らしたければ、一緒にカラオケで声を限りに歌い、ダンスを踊りたければ、ヘトヘトになるまで付き合った。

まったく日本語が話せなかった私だったけど、毎日必死に勉強しながら接客をした。接客中にヒアリングでわからない言葉や単語は、辞書を傍《かたわ》らに置いてその場で調べて対応した。

お客さんも私の日本語が拙《つたな》いことがわかると、ゆっくり話してくれたり、親切に教えてくれたりした。私はわからないことは素直に教えて欲しいという姿勢で臨んだので、お客さんも誠意で応えてくれた。

この時の経験で、何事も素直で謙虚であれば、人は優しく親切に対応してくれるということを知った。知りもしないのに知ったかぶりをしたり、訳知り顔の態度をとれば、生意気だと反発を買うということを学んだのだ。

とにかく、私はこうして日本語を流暢に話せるようになっていった。会話がスムーズにできるようになると、ますます私を指名してくれるお客さんが増え、私の接客ぶりが伝わって、一度指名したらまたリピーターで来てくださって、成績はみるみるうちに上がっていった。一カ月が経つ頃には、私はその店のナンバーワンになっていた。

最初は日本文化への興味と、日本語を学ぶつもりで始めた夜のバイト。日本人のボーイフレンドができたらラッキーくらいの軽い気持ちだった。だから、昼間の仕事も辞めずに続けていたし、ファッションデザイナーへの夢も捨ててはいなかった。

でも、ナイトクラブで働く時間が増えて、私目当てで来てくれるお客さんが増えると、夜の仕事がどんどんおもしろくなり、もっともっとお客さんを喜ばせたい、笑顔を見たいと思うようになった。

勤め出して三カ月が過ぎた頃、私の評判を聞きつけて、他の店から引き抜きの話が来た。条件が良いこともあったけど、それ以上に他の店の様子も知りたい……という好奇心のほうが強く、私は店を移った。それを機に源氏名を最初の〝茶々〟に戻した。茶々のほうが、私のイメージに近い気がして気に入っていたから……。以後、私は茶々の名で通している。

移った店でも頑張ってトップを取った。また他の店から誘われて、移る。そこでもナンバーワンになる。こうして、行く店行く店でトップを取って、気がつけば、ＬＡの日本式ナイトクラブの世界では、茶々の名を知らない者がいないと言われる存在になっていた――。

3

夜の世界で働くようになって五年が過ぎると、私はこの世界でやって行く自信がついていた。もうファッションデザイナーになろうという夢は消えていた。代わって、別の夢が胸の中で膨み始めていた。
「自分の店を持ってみたい。みんなが楽しく笑顔になるようなお店をつくることに、もう一度挑戦してみたい!!」

その志は、チャイニーズレストランでも、ナイトクラブでも変わりはないはずだ。セントポールではチャイニーズレストランをうまく軌道に乗せることはできなかったが、このLAなら、そしてナイトクラブならやっていけるんじゃないか。いや、絶対うまくやってみせる！

私は、新しい夢に向かって突き進むことを心に強く誓った。

セントポールでの失敗は、父に言われていたのに私に〝ファミリー〟を築く意識が弱かったことだと反省していた。

ファミリーとは文字どおり〝家族〟。家族は利害や損得抜きでつながる関係。喜びも悲しみも痛みも苦しみも共有し、ともに分かち合い、乗り切っていく存在――。

セントポール時代、頭ではそう思い、父にも言われていたが、実際には心の底から理解していなかったのだ。それは、自分で経験しなければ、つかめない考え、感覚だと挫折してわかった。

だから、今度は自分でイチから店を持つ時には、まず〝パートナー〟〝ファミリー〟を持ち、つくってから始めようと言い聞かせていた。

私は自分の新しい夢を持った時から、店を移るたびに、ファミリーになれる人間を注意深く見つけることにした。

夜の世界の女性たちは、同業者の友達が「すぐにできるタイプ」と「なかなかできないタイプ」に分かれる。

売上げや、お客さんの層などで、ひがみや妬《ねた》みを持ち、店に勤めている人間をライバルと考えているタイプは、当然、同業者の友達はできにくい。逆に、同じ店の人間を仲間と考えているタイプは友達ができやすい。

お店で一緒に働く人は、ファミリーであると、父に教えられて育った私はもちろん後者だ。

ファミリーになれる人間をひとり見つけた。「リナ」という名の女性だ。日本から留学生でやって来て、アメリカ人と結婚して、永住権を獲得した。でも、その相手とは長くは続かず離婚。異国の地でひとりで生きて行くために、夜の世界に飛び込み、ナイトクラブで働くようになったという経歴を持っていた。

仕事はできる人で、その店では〝チーママ〟として店を仕切る遣《や》り手だった。私とは最初に会った時から「馬が合う」というのか意気投合をした。私はLAに来て初めて親友ができた——。

リナとは働く店が違っても、しょっちゅう会った。仕事が終わっては会い、休みの日にも食事をしたり買い物をしたりした。

そして、将来の夢を語り合った。お店の開業資金さえ貯まれば、すぐにでも独立したいと考えるようになっていた私は、よくリナに自分の考えを聞いてもらった。

「ねえ、リナ。私自分のお店を持ちたいの。一緒にやらない？」

「え⁉」

「私、リナと一緒なら繁盛店をつくって、経営する自信があるんだけどな」

「……そう言ってもらうのは嬉しいけど、私、お金ないから共同のオーナーになるなんて無理よ」

「お金は私が何とかするわ。今ね、開業資金五十万ドル（当時の日本円で約四千五百万円）を目標に貯金しているし、お客さんの中に会社設立に関してアドバイスしてくれる方がいて、いろいろと教わって勉強しているの」

「お店をやるには、どうしてもパートナー、ファミリーが必要なの。ね、お願い、一緒にやって！」

「茶々がそう言ってくれるなら、手伝ってもいいけど、私は何をやればいいの？」

「オーナーは私がやるから、リナはママをやって」

「何で？　茶々がママをやればいいじゃん。ママは茶々のほうが向いているし、合っているよ」

「オーナーは資金繰りとか経営のことを考えなければダメなの。二足の草鞋《わらじ》はなかなか難しいことを知っているから……」

「知っているって、どういうこと？」

「実は、昔、挫折していて……」

　私は、セントポールでチャイニーズレストランの経営に失敗したことをリナに話した。ＬＡに来てからは誰にも話さなかった古傷をリナにだけは、知っていて欲しかったから……。

ビジネスの厳しさと難しさを嫌というほど思い知らされたこと、人を使う立場と使われる立場の大きな違い、生半可な気持ちではできないオーナー業の難しさを毎日のようにリナに話した。彼女は黙って聞いてくれた。

「難しいんだね……」

「そう、だからお店が軌道に乗るまでは経営に専念したいの。そうなると、お店全般のことに目を配ってくれる信頼できるパートナーが、どうしても必要なのよ。私にとっては、リナしかいないの。だからお願い！」

「そこまで私を頼ってくれるなんて……。ありがとう、茶々」

私は何でも話せるリナに心を許し、彼女の存在が心強いと思っていた。リナとふたりでお店を始めることを自分自身の励みにした。

4

そのお客さんは「柴田」と名乗った——。

初めて店に来た時、「茶々という娘《こ》の評判を聞いて来たんだが……」と、いきなり私を指名してくれた。

「とても笑顔の素敵な女性がいる。会うと元気にしてくれる楽しい女性なんだ……って噂を聞いてね」

「それで、実際会ってみてどうだったんですか？」

「噂以上。評判以上だったよ。茶々を指名しない男がいるなんて、信じられないよ。LAで遊ぶ意味があるの？」

他の男の人が言ったら歯の浮くようなセリフも、柴田さんが言うと自然に聞こえた。それほどスマートな男性だった。特別二枚目というわけではない。中肉中背で、体つきもそれほど目立った所があるわけではない。見た目には、どこにでもいそうな平凡なビジネスマンだった。それでも、物腰、会話のセンス、仕草……どれをとっても一流の男の匂いがした。

実際に大手日系企業の経理総責任者だった。いつも仕立てのいいスーツをきちんと着こなして機智に富んだ会話で、私たちキャストや店のスタッフの相手をしてくれて、すこぶる評判の良いお客さんだった。

「ビバリーヒルズに一緒に住まないか？」

「車が欲しいなら、何でも買ってあげるよ」

「人の夢を叶えてあげることが俺の趣味なんだ」

これがただのリップサービスではないことは、誰でも知っていた。なぜなら、一晩で三千ドル（当時の日本円で約三十万円）以上ものお金を使うことが頻繁にあり、まさにお金を持っている人間特有の遊び方をする人だった。

そんな柴田さんが私を指名してくれて、毎日のように来てくれた。私が有頂天にならないわけがない。私は初めてお客さんに好意を抱いた。と言っても、そこはあくまでお客さんとキャスト……。「最後の一線はわきまえた交際を」と、自分に言い聞かせていた。


彼は私を喜ばせるサプライズをたくさん用意してくれた。それは、大きな花束だったり、多額のチップだったりもした……。

「どうして、こんなにしてくれるんですか？」

「俺が茶々を好きだから……」

「でも、いつもたくさんお金を使わせちゃって……」

「いいんだよ。〝金は天下の回りもの〟……できなくなったらしないから。それより誕生日もうすぐだね。プレゼントは何が欲しい？」

「……」

「欲しいもの、あるんだろ。ブランドのバッグ、それとも装飾品《アクセサリー》？　いや車かな……

正直に言ってみなさい」

「アクセサリーや車は欲しくないけど……どうしても欲しいものはあります」

「何？」

「私……自分のお店が欲しい」

「店？」

「独立して、自分のナイトクラブを経営したいの」

「そういう……ことか……」

私はハッキリ物事を言う性格だ。本気でお店を持ちたいと思ってはいたが、プレゼントをねだる気持ちはなかった。あくまで冗談……。会話の流れの中での、シャレのつもりだった。

「どんな店をつくりたいんだ？」

「え？」

「現在、ＬＡには日本人向けのナイトクラブが何軒もある。その競合店に混じって勝ち残るためには、先行する店との差別化をしなければならない。茶々は、そこをどう考えて、独立して自分で店をやりたいと言ってるんだ？」

「そ、それは……」

いきなりそう切り返されて、一瞬言葉に詰まった。でも、そのことは普段から考えていたから、私は思っていることを一気に話した。

「私はもっともっとお客さんが楽しめるお店をつくりたいの。駐在であろうと、出張であろうと、日本からＬＡにビジネスで来て、神経をすり減らしているお客さんが、もっともっとくつろげて、楽しめるお店にしたいの」

「具体的には？」

「ショーをやる！　店の女の子にセクシーな衣装を着させて、目の保養になるようなショーを……。ラスベガスのような!!」

「お客さんの誕生日イベントを店をあげて盛大にやる。日本を離れて寂しいことを忘れさせるくらいに！」

「お酒を充実させる。スコッチ、バーボン、テキーラだけじゃなく、日本人はやっぱり日本酒と焼酎だと思うから、日本のお酒をたくさん取り揃えて喜んでもらう」

「それから……」

私は話しながら、自分の世界に入っていた。本当にこういうお店をつくりたい……

経営《やり》たいと……眼を輝かせて話まくった。

「……」

その私の話を黙って聞いていた柴田さんは、私がひと息つくと服から何か手帳のようなものを取り出し、

「少し早いが、誕生日プレゼントあげるよ」

手帳のように見えたのは、小切手帳だった。柴田さんは、その小切手にサラサラと数字を書き込み、一枚を切って私に手渡した。

「……」

書かれた数字を見ると、そこには〝0《ゼロ》〟がいくつも並んでいた。

「一、十、百、千、万……十万ドル！」

十万ドル（当時の日本円で約一千万円）……信じられない金額だった。

「それで茶々の夢を叶えられるだろ」

と、優しく微笑んで言った。

「……」

呆然とした。

（ど、どうすればいいの……。どう応えれば……）

正直に言う。この時、「これで夢にまで見た独立ができる」と頭に浮かんだことは事実だ。だが、次の瞬間、

（いや、いけない！　こんな大金を受け取るわけにはいかない。受け取ってはいけない）

と、否定する自分がいた。そんな戸惑う私に柴田さんは、

「いいから、素直に受け取れよ！」

と、小切手を私の胸元に無理矢理、押し込んだ。

「……あの……どうしてここまでしてくれるんですか？」

「うーん、どうしてかな……。もちろん好きだから応援してやりたいという気持ちはある。が、それだけでもないな……」

「これまで付き合って来て、茶々は他のキャストとはどこか違うと思っていた」

「二十四歳の若さで三十六万ドルもの事業をやったこと……それは失敗したが、またこうして自分で店をやりたいと考えている」

「それは根っからの事業家、起業家のセンスがあるということだ。一度挫折した人間は、同じ過ちはしない……はずだ」

「だから、これは投資だ！　茶々のビジネスに対する投資だ」

「……」

柴田さんが私のことをそういう目で見ていてくれたということが嬉しかった。ただの色恋のキャストじゃなく、ひとりの人間として見てくれて、評価してくれていたということが、ものすごく嬉しかった。

「じゃ……本当に受け取ってもいい？」

「もちろん！」

きっぱりと言い切ってくれて、さらに言葉を続けた。

「誰でも簡単にパートナーにはなれない。ましてビジネスとなると……。その小切手で茶々に何ができるのか、世間に見せつけてみろよ。俺は茶々の応援団長として、見守ってやる！」

「……」

自分の店を持つために、ずっと働いてきた。

夜の世界で顔が売れ、人気キャストになるのに比例して収入も多くなってきた。それでも昼の仕事もまだ続けていた。ナイトクラブで深夜まで働き、午前中からアパレルの仕事もするという生活を続けていたのも、父への借金の返済と、一日でも早くお金を貯めて独立したいという強い思いがあったからだ。

「そのチャンスが、こういう形でやって来るとは……」

「茶々、知っているかい。チャンスは突然に訪れるって。そのワンチャンスをつかまえて波に乗れるかどうかが、人生成功するかどうかのポイントなんだ」

「私、頑張る。柴田さんの期待に応えられるように！」

それでも私はその大金をもらうことはできないから、借りる形にした。借用書を書いて……。あくまでビジネス上のつき合いということにしてもらった——。

5

一九九六年二月——。

三十二歳になった私は新たな夢……「LAでナイトクラブを経営すること」に向かってスタートを切った。でも、いざ実現のために具体的に動き出すと、ものすごく困難な壁がいくつも存在することを知る。

日本では調理師免許を取得、もしくは衛生管理責任者の資格を取り、保健所の審査に合格して管轄の消防署のチェックが終われば店を開くことができる。

しかし、アメリカでは国・州・市、それぞれが定めている飲食店をオープンさせるためのライセンスを数多く取得しなければならない。しかも、その認可の取得に大変な費用と時間がかかる。

アルコールのライセンスに関しては、新規での取得は他の認可よりさらにハードルが高いために、ライセンスを持つ居抜きのレストランやバーを購入するのが、時間と費用を抑えられる方法とされていた。ライセンスが建物自体に与えられているためである。

だが、そのような物件はすぐに買い手がついてしまう。そのために、候補物件を自分で見つけなければならなかった。ＬＡでナイトクラブをオープンするためには、次のライセンスが必要だった。

◎カリフォルニア州に申請して取得する主なライセンス
・Alcoholic Beverage Control ライセンス（通称・ＡＢＣライセンス。アルコール販売のライセンスだが、その中でも細分化されており、ハードリカー用やソフトリカー用などさまざまなライセンスがある）
・リセール・ライセンス（物品販売など）

◎ロサンゼルス市に申請して取得する主なライセンス
・ビジネス・ライセンス（法人関係）
・エンターテインメント・ライセンス（バンド演奏、カラオケショーなどの営業許可で、学校や教会などから、一定の距離を離れていなければならないなどの規定）
・ヘルス・デパートメント・ライセンス（衛生管理）
・ファイア・デパートメント・ライセンス（消防管理）など

私は独立を決意した時、すでにＡＢＣライセンス四十八番（酒のボトル売りも可能なアルコールライセンス）を所持する、ある物件に目をつけていた。

それは市の中心部から二十マイル（約三十二キロ）ほど南のトーランスという町にある、いまにも潰れそうなバーだった。そのオーナーに頼んで、その物件を売ってもらおうと決めていた。

「もし、お店を手放す気があるのでしたら、ぜひ私に売っていただけませんか？」

毎週のように客としてその店に通っては、何度も同じお願いをした。ひとりで店を切り盛りしていた白髪の初老のオーナーは、グラスを丁寧に拭きながら、ゆっくりと答えた。

「すまないね、まだ売る気はないんだ」

繁昌しているようにはまったく見えなかったので、彼が店を売りたくない理由が想像できなかった。

でも私は、自分の店を開業するには、この物件以外ないと決めていたので、あきらめずに通った。そして、最初にその店を訪れてから二カ月が過ぎた頃――。

「茶々、今週はグッドタイミングかもしれないな」

「え!?」

「茶々があまりに熱心に通って来てくれるんで、ああ……この娘《こ》になら売ってもいいかなと考えるようになったんだ」

「ほ、本当ですか!?」

「実はな……閉店する覚悟はできていたんだ。でもな……この店は俺の親父とおふくろがふたりで苦労して築いた店なんだ。その親父はずいぶん昔に死んだ。その後はおふくろがひとりで頑張って守り続けた。そのおふくろも病気で寝込んで、それからは俺が引き継いでなんとか守ってきた。

おふくろは、病床のベッドでいつも俺にこう言った……。〝あの店はパパとの思い出がいっぱい残っているの。私が生きているうちは、できたらあの建物の外装も内装もそのままにしておいて欲しい。いつでもパパに会える唯一の場所なのよ、あそこは……〟と——。だから俺は、こんなボロボロになってもいっさい手を入れず、親父とおふくろの時代のまま、今日まで残して来たんだ」

「……」

「でもな……そのおふくろが先週、息を引き取った」

「！」

「もう、この店を守り続ける理由がなくなった……。だからこの場所を心から欲しいと願っている人間に譲り渡してやるのが、一番の親孝行だと思ってね。茶々、買ってくれるだろう」

「あ、ありがとうございます」

私は溢《あふ》れ落ちる涙をぬぐうことなく、心からの感謝の言葉を伝えた——。

第四章　クラブ茶々

1

物件が決まり、お店のママはもちろん親友のリナ。資金は貯金を含め、どんなに赤字になろうとも半年は耐えられるくらいの目星はついていた。

再び一国一城の主となってＬＡで羽ばたく――。

内装工事の発注、スタッフやキャストの女の子たちの募集、酒屋関係の手配……新しい夢に向かって、すべては順調に進んで行った。だが、物事が順調に進んでいる時、突然予想もしない落とし穴が待ち構えていることがある。その落とし穴は一本の電話で告げられた――。


「茶々、落ち着いて聞いてね。……リナが死んだ！」

「えっ⁉」

「交通事故……。対向車線から飛び出した飲酒運転の車と激突して、即死だったたって」

「……」

最後の言葉は私の耳には届いていなかった。

「リナが死んだ……嘘…嘘でしょう……」

あまりに突然のことで、私は何をどうすればいいかわからず、茫然自失し、ただ受話器を持ち立ち尽くしていた。

一九九六年八月――。夏のものすごく暑い日だった……。

死というものが、こんなにあっけなく訪れるとは……。人は誰でもいつかは死ぬ。でも、その時までそれを〝老い〟によるか、〝病《やまい》〟によるものとしか思っていなかった。そうだ……死には〝事故〟もあるんだ。今さらながらに痛感した。

しかも、事故死は予想もできずに突然襲ってくる。〝老い〟や〝病〟なら、死期は予想できるし、心の準備もできる。でも、事故死だけは……。

「人はいつかは死ぬ」ではなく、「いつでも死ぬ」。どんなに元気でも、今日明日にでも突然……逝《い》ってしまう可能性は誰にでもあるんだ、ということを嫌というほど思い知らされた。

ならば、今日という日を……今この時を精一杯納得した生き方をしなければならない。やろうとしていること、やりたいことは後にしてはダメだ！　今やりたいこと、やれることは今やらなければダメだ!!

リナの突然の死は、私にそれを強烈に教えてくれた。私の死生観に大きな影響を与えてくれた。

リナの葬儀は親しい友人だけで、ひっそりと行われた。リナも夢と希望を抱いてアメリカに来たはずだけど、それをどれだけ叶えた人生だったのか……描いた夢と叶った夢は……。考えたら私はリナの夢を聞いたことがなかったことに気づいた。

「これからのリナの夢は……私と一緒にＬＡで一番のお店をつくることだったよね。そうさせてちょうだい」

「私、リナの分まで頑張る！　必ずＬＡで一番のナイトクラブをつくりあげてみせる。だから、そっちで……天国で見守っていてね！」

私は溢れ出す涙をこらえて、そう強く心に誓った――。

新規開店を一カ月後に控えて、共同経営に近いパートナー、ファミリーと思っていたリナの死は、私にとって戦う前のギブアップに等しかった。

「リナの分まで頑張るね！」と葬儀の時、誓ってはみたけれど、部屋に戻ってひとりになると、ポッカリと心に大きな穴が開いてしまう。言いようのない寂寞感《せきばくかん》と不安が私を襲った。

（これは、店をオープンしてはならないという天の声なの……）

（ひとりでやることの重圧がどれくらい辛いものかは、セントポールでの挫折でわかっている。でも、あの時はとりあえず相談できる料理長も、背後には頼れるパパもいた……）

（でも、今度は……私が信じ、頼れる人はリナしかいなかった。ＬＡでたったひとり、本当に心を許した人……だから、パートナー、ファミリーになってもらった）

（なのに、その人はもういない。私はどうすればいいの……。デモインのパパに会いたい。パパに会って相談したい……）

心はどんどん弱気になっていった。でも、父に相談したところで、

「お前はそんな弱い人間だったのか。親友の死がショックなのはわかるが、それで諦《あきら》めるほど、お前の夢は強いものじゃなかったのか」

と言われるのはわかっていた。でも……。

（今ひとりでやっても、失敗する可能性のほうが大きいだろう。ならば、ここは契約を破棄しても……）

考えはどんどん後ろ向きになっていった。そんな時、家の電話が鳴った。出たくはなかったが、鳴り止まないので、仕方なく受話器を取った。

「もしもし……」

『茶々ママですか、横山です』

「あ！」

横山というのは、今度の新規オープンに際して、あちこちの店からスカウトした日本人スタッフのひとりだった。

『大丈夫ですか？　少しは落ち着きましたか』

「え……ええ……」

『今、今度オープンするお店のために、ママとリナさんがスカウトした黒服とキャスト全員が集まってるんですけど、よかったらママ、来てくれませんか。みんな、心配していいます。リナさんがああなって、ママ大丈夫だろうか……。新しいお店は本当にオープンするのだろうかって』

「……そうよね。心配よね。わかったわ、行くわ」

そうだ……。もうオープンのためのスタッフもキャストもスカウトしてたんだ。今さら、「オープンは中止になりました」なんて言えるわけがない。それはわかっていても、心はすぐに立ち直るわけはなく、私はどこか迷いつつもスタッフが集まっている場所に向かった。その場所とは、開店予定のあのお店……。私に両親の思い出の店を譲ってくれた白髪の初老男性がいた……。

その店はまさに開店に向かって工事中だった。ちょうど、店の名前である「クラブ茶々」の看板が掲げられているところだった。スタッフとキャスト全員十一人が、その工事中の店の前に集まって、掲げられる看板を見上げていた。

私が着いた時、全員がいっせいに振り向いた。

「茶々ママ！」

全員が同時に私の名前を呼んだ。そこには横山の他に、後に私の片腕でチーママとなるリコ、ハルカ、ビビアンもいた。名前は洋風だが、みんなれっきとした日本人だ。

「……みんな、心配かけてゴメン」

「茶々ママ、辛いのはわかります。でも、私たちは茶々ママが好きで……茶々ママのことを尊敬しているから、前の店を辞めてでも茶々ママの店で働こうと思ったんです」

とリコ。

「同じです。茶々ママは今、ＬＡの夜の世界で一番のキャストだって評判です。その茶々ママが自分のお店をやる。どんな店になるんだろう……きっとＬＡで一番の店をつくるんだろうな。なら、私も参加したいと思って、応募したんです」

とハルカ。

「私も同じ！　茶々ママが画期的な店をつくる。ＬＡの伝説になるような店を！　そういう噂が流れて。それなら、私もその伝説の創生メンバーになりたい、と思って参加を決めたんです」

とビビアン。他のキャストたちも、

「私たちも今、ＬＡで一番輝いているキャスト・茶々さんの下で勉強して、茶々さんのように輝きたいと思っています！」

「……」

「茶々ママ……私を含めたここにいる全員、みんな茶々ママのファミリーですよ。リナさんのようなパートナーにはなれないかもしれませんが……。でも、全員、ファミリーになりたい、ファミリーだという意識があるのは確認しています」

「みんな……」

「ママ！　クラブ茶々、オープンしますよね！」

「……私、ひとりじゃなかったんだね。リナがいなくなっても私にはこれだけの仲間……ファミリーがいたんだね」

私は、父に言われた「従業員は家族も同然なんだ。ファミリーとして付き合わなくてはダメだぞ」という言葉を思い出していた。そして、この時こそ、この言葉の持つ意味の重さ、深さをかみしめたことはなかった。

「ありがとう、みんな。私、負けない！　みんなと一緒にこの〝クラブ茶々〟を、LAで一番の店にしてみせる！　みんな、力を貸してね。頑張ろうね」

「オオッ！」


心が弱っている時に支えてくれたこの時のメンバーを、私は心からファミリーにしようと誓った――。

一九九六年九月――。
ついに私の店「クラブ茶々」がオープンした。後にLAの伝説《レジェンド》と呼ばれることになる私のお店が……。三十二歳の時だった――。

店の広さはテーブル数が九個という小さなものだった。それでも私はこの店に大きな夢を抱いて船出をした。いずれはＬＡで一番のナイトクラブにしてみせるという夢を……。

そのために、私はこの「クラブ茶々」でこれまで自分が働いてきたいくつかの日本式ナイトクラブのやり方を踏襲しながら、私流のやり方——茶々独自のお店のスタイルやシステムを築こうと考えた。

すなわち、他の店でもやっていたイベントをもっと派手に盛大にしようと思ったのだ。バニーガールなどのコスプレ衣装はより派手に奇抜に。ランジェリーパーティーはお客さんが目のやり場に困るくらいにセクシーに。ハロウィンパーティーはとびきり賑やかに……。

そしてキャストたちをショーダンサーとして踊らせる。これは日本の〝キャバクラ〟のスタイルと同じだが……。ちなみに、キャバクラとは、歌や踊りなどのショーがある〝キャバレー〟と、会話接客だけの〝クラブ〟を合体させたもので、それでキャバクラというネーミングになったそうだ。

私はそのスタイルを独自に考え、ショーをよりセクシーに、よりお客さんと身近な距離とした。それが当たった。一度店に来てくださった人たちが口コミで広めてくれて、連日お客さんが殺到した。

派手さや奇抜さを前面に押し出したが、基本コンセプトは、「来店したお客さんが一番楽しめて、息抜きができる場所を提供したい」ということだった。私はそのことを徹底した。

私の店に一歩足を踏み入れたら、「異次元・茶々ワールド」にドップリ浸《つか》っていただいて、お店にいる間は、仕事のことも家庭のことも忘れて楽しんでもらおうという演出を、これでもかというくらい考えた。

いや、お店にいる時だけでなく、お店を出てからも、「またクラブ茶々に行きたい」と思ってもらえるような接客・サービスをキャストと従業員に徹底させた。その努力が実り、私の店はお客さんを魅了し続けて、開店の日からこれまでの店で知り合ったお客さんが連日駆けつけてくれて、大盛況となった。

そればかりではなく、私が自分の店を始めたという話を聞いて、日本から応援に来てくださった元駐在員の方々も数多くいた。

「茶々、おめでとう！　ついに自分の城を持ったんだな」

「ありがとうございます。半年……いや一年ぶりですね。わざわざ来てくださって、本当に嬉しいです」

「素敵な店だね、この店に遊びに来るためだけでも、アメリカに来るよ」

祝福を受けるたびに私は思わず泣きそうになった。でも、涙を流すことはなかった。日本人の精神構造《メンタリティー》は〝泣き〟〝涙〟だが、私は台湾人……。中国系はめったなことでは涙を見せない民族性だから。

でも、開業資金を提供してくれた柴田さんの言葉だけは涙を我慢できなかった。

「茶々、おめでとう。この成功は茶々がこれまで誠心誠意頑張ってきた証《あかし》だよ。これからもその精神を忘れずにな」

「柴田さんのおかげです……。ありがとうございます」


私の店「クラブ茶々」は、あっという間にトーランス一番の繁盛店となり、LAの夜の世界にその名が知れ渡った。

そして私がつくり上げたオリジナルの店のスタイルとシステムは、LA中の他店が取り入れて広まり、現在《いま》ではLA全体の日本式ナイトクラブが、〝茶々スタイル〟を踏襲している。自分で言うのもおこがましいが、今日私が「LAの女帝」と言われるのは、この〝茶々スタイル〟を確立したことが大きいと思っている――。

2

すべては順調にスタートしたが、問題がないわけではなかった。LAのトーランスでは、キャストが対人接客をする場合は、そのキャスト個人がエスコートサービスのライセンス許可を取らなければならないという法律があった。

理由は、雇用主から対価をもらって接客をしているため、それは広義の売春行為にあたるという解釈があるためだ。

私は、キャストがその許可を取得しなければならないのは、おかしいと考えていた。お客さんの横に座って話をするだけで、なぜ売春行為にあたるのか。それは突き詰めれば、「日本文化に対する差別」だと感じていたのだ。

キャストにエスコートサービスのライセンス許可を取らせないまま、「クラブ茶々」をオープンさせたことが警察の耳に入ったのかどうかはわからないが、これまでの店では経験がない、頻繁な警察の見回りが始まった。トーランスで一番の繁昌店になり、目立っていたということも影響していたのかもしれない。

見回りは多い時で週三回以上。お店にとっては警察が来るたびに対応策を取らねばならず営業妨害そのものだ。かといって、官憲や役人に対して敵対の態度をとれば、どうなるかというのは、セントポールでの衛生管理局のオフィサーで痛い目に遭っているので、あの時の轍《てつ》は踏まないように、目はつけられても睨《にら》まれないような対応を心掛けた。

「あの……私のお店が何か迷惑をかけているのでしょうか？」

あくまで謙虚に下から、下から……。

「悪いことをしているという噂がある」

店内を覗き、ロングドレスを着たキャストが勢揃いしているステージを見ながら警察官はぶっきらぼうに答える。

「悪いこと？　何ですか？」

「それを確認しに来た」

日本式接客スタイルへの差別的な解釈であると主張しても、現地の制度の下では、必要とされるエスコートライセンスをキャストたちが持っていない以上、それ以上文句を言ったり、抗議をすることはできなかった。

私は警察からお客さんもキャストも守らなければならなかった。そのため、仕方なく警察の見回り対策を行うことにした。店内の誰もが見やすい場所に、警察が来た時の合図となるランプを設置した。

店外には黒服を常駐させ、ランプのスイッチを持たせる。警察が来ると、黒服がスイッチを押す。店内のランプが点灯し、それを確認したキャストは、すぐさまお客さんから離れ、一時的にステージやバックヤードに避難するシステムを導入した。

何とか店の営業を続けるには、このような形でも警察の目をごまかし続けるしかなかったのだ。もちろん、この警察の見回りの背後にはライバル店の妨害工作があるのでは……と考えもしたが、それを警察に聞くわけにもいかなかった。お目こぼしをと、日本で言う袖の下（賄賂）を使う手も考えたが、それは官憲に対する負けを意味するから意地でもしたくなかった。

「いつまでこんなことをするの？」

「こんなこと、日本じゃ考えられないよ」

そういうキャストたちの不満、ため息が店内に響き、店全体の雰囲気が悪くなる。お客さんのほとんどはトーランスの法律を理解していたから、とても協力的だった。

「まあ、しょうがないよ、これぱっかりは……。外国の法律と喧嘩したって、日本に帰れと言われるだけだしな」

理解のあるお客さんのひと言で救われ、活気が戻ることも度々あった。

「これもイベントの一種だと思って楽しめばいいいんじゃないの。警察が来るなんて、ちょっとスリリングだしね」

私は本当に良いお客さんたちに恵まれていた——。


理解のあるお客さんたちにオーナーとして少しでも報いたいと考えた私は、警察の見回りの後は、いつも心ばかりのお礼をするようにしていた。

「みなさん、すみません。せめてもの償いとして、私からシャンパンをサービスさせていただきます」

「毎日警察が来れば、毎日シャンパンがタダで飲めるってこと？」

「ドッ」と笑いが起こる。お客さんのジョークが場を和ませてくれた。

「冗談はよしてください。いつもハラハラドキドキなんですから」

おどけるお客さんと私のやりとりを聞いて、他のお客さんもみんな笑顔になる。その笑顔を見てようやく私は気分をリセットできた。そして思う。

「負けない！　負けるもんか‼　どんなことがあったって前を見て歩いてやる」

「リナ見ている？　私、頑張ってるよ、戦っているよ」

警察とのトラブルはあったものの、私の店「クラブ茶々」は順調に推移していた。ところがオープンから三カ月目に、とんでもない災難が振りかかる。

それはクリスマスイブの日だった。

クリスマスの時期、トーランスの周辺の家々では、それぞれライトアップして、光のデコレーションをする。赤、青、黄、金色、銀色……多彩な色の豆電球が点滅する光景は、まるでディズニーランドのエレクトリカルパレードのようだ。この時期、この辺りは観光名所と化し、ライトアップされた家々を見るために車でやって来た人々で渋滞も起こる。もちろん、車を置いて歩いて回る人も大勢いる。

深夜、「クラブ茶々」の仕事を終えて、送り迎えの運転手にこのイルミネーションの町を通って帰ってもらうように頼み、車窓から流れ去る光の景色を幸せな気持ちで眺めながら家に戻った。眠りに就いたのは明け方四時過ぎ。深い眠りに入ろうとした五時頃、電話のコール音がけたたましく鳴った。

「誰、こんな時間に……」

最初は無視するつもりでいた。だが、静まり返った暗闇の中で鳴り止まない着信音に、不安を感じて受話器を取った。

「もしもし……」

『クラブ茶々のオーナーですね。こちらトーランス警察です。あなたの店が火事です！』

「えっ⁉」

『あなたの店が燃えてます‼』

一瞬で目が覚めた。

「お店が燃えている……どういうこと⁉」

パジャマの上からコートを羽織っただけの格好で、私は家を飛び出した。

私が駆けつけた時、私の店「クラブ茶々」は消防車に囲まれていた。店の中から黒い煙が噴き出し、壁や屋根は焼け落ちて、見るも無惨な姿になっていた。苦労して築き上げたものを、一瞬にしてすべて失ってしまった——。

私は焼け跡にひとり、呆然自失佇《たたず》んでいた……。

「どうして……」

やり場のない気持ちをどこにぶつけていいのか……ようやく現実を理解できた時、天を仰ぐしかなかった。

「パパ、ママ、リナ……教えて、私……どうすればいいの？」

誰かにすがりたかった。助けを乞いたかった。でも誰に……？　父に言われた言葉を思い出した。

「オーナーというのは、全部ひとりで決断するんだ。すべての責任を負う立場になるのだから、誰にも絶対甘えてはならない」

父の言葉が、この時ほど身に浸みて思い返されたことはない。

「私は、これからどうすればいいんだろう……」

深く、深く心の中に潜って考えた――。

後日、警察の調べによると出火の原因は、放火の可能性が高いということが判明した。放火――。恨みによる犯行……いったい誰が……。恨まれることなんてまったく身に覚えがない。考えられるとしたら、ライバル店の嫉妬による嫌がらせ……。でも、たとえそうであったとしても、誰が？　それを証明することなんてできない。結局、うやむや……泣き寝入りをするしかなかった。

ただ幸いなことに、火災保険に入っていたため、日本円で二千万円近くの保険金が降りることになった。

「それだけあれば何とかお店を復活させられる」

と、気持ちの切り替えはできたが、今度はとんでもない噂が広まった。

「あの火事は保険金目的で、オーナーが自ら放火した」という……。

冗談じゃない！　黒字経営だった店を自ら放火する馬鹿がどこにいるの!!　保険会社の調査でも潔白は証明されている。根も葉もない噂が私に襲いかかる。明らかに何者かが意図的に流しているとしか思えなかった。どう考えても同業ライバル店としか思えなかった。でも、証拠はない。思い悩むヒマがあったら前に進むほうがマシ！

早く内装工事をすませて一日も早く店を再開しよう。お客さんの中で信頼できる内装業者を紹介してくださる方がいて、その業者さんに発注した。工事は順調に進んだ。

ある日、当時兄のように慕っていた同業の先輩に再出発に向けてのアドバイスをもらうための打ち合わせをしていたら、内装工事の様子を見に行こうということになり、

「クラブ茶々」へと向かった。

　すると、信じられない光景が目に飛び込んで来た。いつでも作業ができるようにと、内装工事業者を信用して店の鍵を預けていたのだが、店のドアが開き、見知らぬ男が店から金目の物を運び出しているではないか。

「あなた、何しているの？」

「何って……内装工事のため、店から荷物を運び出しているんだが……」

「誰の指示でそんなことしているの？」

「誰って……この内装工事を依頼したこの店のオーナーさ。その人に頼まれて荷物を運び出しているんだ」

「そのオーナーって、私なんだけど！」

「えっ!?」

「私はそんな指示出してないわ。あなた、誰の指示を受けてやっているのよ!?」

　男は脱兎《だっと》のごとく逃げて行った。

　一九九七年当時、ＬＡの治安は非常に悪かった。アメリカでは窃盗事件などの民事事件で刑務所に入ることはほとんどなかったので、この手の犯罪事件が多発していた。

　業者を紹介してくれたお客さんと、内装業者が謝罪してくれて工事は再開された。

この頃になると、私は日常的に起こる窃盗事件くらいでは動揺しなくなっていて、毎日つきっきりで工事を監視して、業者に直接指示を出すくらいタフになっていた。そう、この国では何事も他人任せにしてはいけない、すべて自分が立ち合う、やるんだという姿勢でなければ舐められる……ということを学んだ――。

悪いことは重なるものだ。放火事件から三カ月、内装工事を再開しようとしていた一九九七年三月――。

「大手日本メーカーロサンゼルス支店経理総責任者による、百億円横領事件発覚」が大きく新聞で報じられた。

「茶々ママ、あの横領事件の経理総責任者って、柴田さんだったんです！」

「えっ!?」

私はスタッフからその一報を受けて絶句した。

「柴田さんが百億円横領……。そ、そんな……」

私が独立の時、十万ドルもの資金を提供してくれたあの柴田さんが……。日系の新聞で事件を知った黒服からも私の元に情報が入った。

「じゃ、あの時の十万ドルはその横領したお金の一部……」

私はいてても立ってもいられなくなって、柴田さんに連絡を取り、会いに行った。柴田さんの元には、百科事典ほどの厚さの告発状が届いていた。

「すまない……。茶々にも迷惑がかかるかもしれない」

柴田さんは弱々しい声でそう言った。その姿には、かつてのダンディで溌剌《はつらつ》とした柴田さんの面影はなかった。その時、初めてわかった。柴田さんのあの豪遊は、すべて会社のお金だった。経理総責任者という立場を利用して、横領したお金でやったことなのだ――。

告訴状の中には「クラブ茶々」の名前もあった。横領したお金が私の店にも流れていると見られていたのだ。私はすぐに弁護士をつけた。弁護士からはこう言われた。

「カリフォルニア州から発行されたアルコール販売の許可書であるＡＢＣライセンスの取得に当てられた資金と、約二千万円の保険金をもらうことになった保険会社との契約金が、柴田氏が横領した百億円の一部だったら、あなたはすべてのものを剥奪《はくだつ》されることになるでしょう」

柴田さんの横領のことは知らなかった。十万ドルは出してもらったが、あくまであれは借り入れという形にして、借用書を書いているから、法的には問題ないはずだ。

このトラブルについて他の人の意見も聞くため、私は知り合いの経営者や弁護士数名に相談した。でも、答えは一緒だった。みんな異口同音に、

「保険金二千万円を持って、今すぐ逃げたほうがいい」

と言った。でも私にはその気はまったくなかった。

「私は悪いことはしていない。なぜ私が逃げなきゃならないの……」

確かに柴田さんに提供してもらった十万ドルは、横領した百億円の一部かも知れない。でも私は、当時柴田さんが横領していたことなど、まったく知らなかった。

「自分は悪いことなどしていない。なのに、逃げたら、悪いことをしていたと思われる。ここは絶対逃げちゃダメだ!!」

誰も私の言うことを信じてくれなかった。味方はまったくいなかった。でも私は逃げなかった。

柴田さんにお世話になったのは事実だ。でも、それで柴田さんの犯罪行為に加担していると思われるのは断じて許せない。自分まで悪者扱いされることは、私の誇りが許さなかった。自分のアイデンティティーを失いたくはなかった。

「無実を証明するために戦うしかない」

そうしなければすべてを失うことになるのだ。

「証拠となるものはないか？」

私には希望があった。あの借用書があれば潔白を証明できる。私は、店の事務所や自宅に保管していた書類を徹底的に調べた。

どこかにあるはずだ……捨ててはいないはずだ……。

柴田さんは捨ててしまったかもしれないけど、私は捨ててはいない。必ずあるはずだ。書類の山を一枚一枚調べた……そして――。

「あった!!」

書類の一番下から、柴田さんから受け取った十万ドルの借用書のコピーが出てきた。

私は震える手でその借用書のコピーを見つめた。

「ハハ……ハハハ……これで身の潔白を証明できる……」

涙が自然とこみ上げてきた。十万ドルもの大金はもらっちゃいけない。いつか返すつもりで、借り入れとさせてもらった。それは女の意地といって良かった。

この借用書の存在で、横領事件への関与の疑いは晴れた。

「ただより高いものはない」――他人からお金を受け取る時は慎重にしなさいという子供の頃から父に教えられた教訓が私の人生を救ってくれた。

工事を中断していた内装業者も問題が解決したことで、快く工事を再開してくれて、店の再建に協力してくれた。

その後、柴田さんは法で裁かれ、刑務所に入ることになる。たとえ罪を犯しても、柴田さんは私にとって恩人だ。私は何度か刑務所を訪ねて柴田さんを励ました。


そして一九九七年八月、リニューアル・オープンを迎える準備が整った。私は放火前に働いてくれていたスタッフ全員に声をかけ、「クラブ茶々」に集まってもらった。嬉しかったのは……放火で休業する前と同じメンバーが、誰ひとり欠けることなく、全員戻って来てくれたことだった。

「みんな……戻って来てくれてありがとう……」

「今回の放火事件……柴田さんの横領事件……クラブ茶々の周囲には、次々といろいろな事件、トラブルが起きているけど、ひとつだけハッキリ言えることは、私は何も悪いことはしていないということ！」

「だから逃げなかった。戦った。このお店がこうして再開できるということは、私は……私たちは間違ってなかったってことを証明したんだと思う」

「これが、私の新しい城。まだまだ負けてらんないよね。でも、私ひとりじゃ何もできない。みんなの協力がなければダメだとわかっている。だから、私を助けて。そして、このクラブ茶々をLAで一番のナイトクラブにしましょう！」

「ママ！　俺たちはずっとママと一緒だよ」

「そうよ！　こんな働きやすい店は他にないわ」

「ママと一緒に頑張ろうね、みんな！」

「オウッ!!」

スタッフ全員が私の元に駆け寄ってくれた。

「みんな……ありがとう……」

この事件をきっかけに、私とスタッフの絆はより強くなった。このスタッフは私にとってのファミリーだと心から思った。こうして、少し時間はかかったけど、「クラブ茶々」は、再び歩み出した――。

3

リニューアル・オープンから二年――。店の経営は順調に推移していた。私は、ようやく自信が持て、両親に現在の状況を報告し、父への借金の返済を本格的にスタートする旨を伝えた。父はその必要はないと言ってくれたけど、人としてのけじめはつけたいという私の申し出を受け入れてくれた。

「たとえ親子でもお金の貸し借りはきれいにしなさい」という母の助言をようやく実行に移すことができるようになったことを父は喜び、誉めてくれた。私は父に一人前になったと認められたことが心から嬉しかった。そして何よりも嬉しかったことは、父と母の間にあった過去のわだかまりがなくなって、心から支え、信頼し合える夫婦になっていたことだ。それは電話の向こう側で聞こえるふたりの会話から十分伝わるものだった。二十年の時間《とき》を経て、父と母は本当の夫婦になった。


店は順調に推移していたけど、店を取り巻く環境は相変わらずだった。つまり警察による監視、嫌がらせは依然、続いていたのだ。

週三回の見回りに加え、何かしらの理由をつけての店内での捜査。店の入り口にピッタリとパトカーを停めて営業妨害を受ける日も少なくなかった。

一九九九年四月――。エスコートライセンスなしでの隣に座っての接客によってまたまた摘発を受けた。それまでの度重なる警察の対応に堪忍袋の緒が切れた私は、警察と戦うことを決意した。

どう戦えばいいのか――。

アメリカ合衆国は、〝人種のるつぼ《メルティングポット》〟と言われるほど、多種多様な人種が混在している国だ。その人種によるさまざまな文化や伝統、宗教などの自由が認められている。

日本式ナイトクラブでの「客の隣に座っての接客」というのは、キリスト教的文化や価値観の欧米人社会の中では、認めにくい文化かもしれないが、日本においては、江戸時代の……あるいはそれよりもっと以前の花街世界から伝わる文化のひとつといっていいものだ。

日本には日本の接客文化がある。それを一概に「売春行為にあたる」と見なして認めない、禁止するというのは、〝日本文化に対する差別〟だと私は考えたのだ。

この一点で戦ってやる――。

アメリカでは、〝言論の自由《フリーダムスピーチ》〟――考えや思想を自由に表現する権利がある。私はこれを楯に取って戦うことにしたのだ。つまりアメリカ合衆国憲法第六条――「アメリカ合衆国憲法を最高法とし、各州の法や憲法と条約の如何なるものも、合衆国憲法と矛盾してはならない」という一点に基づいて裁判に挑んだ。約二十一万ドル（当時の日本円で約二千五百万円）という大金を費して……。

でも、裁判は私の思うようには展開しなかった。日本式接客はアメリカの州法で認められるかどうか……。前例のない裁判だったから、私は主張すべきは主張して、判断を司法の手に委《ゆだ》ねた。

結果は――。

私が訴えた日本式接客に対しての結論は下されず、なぜか、「二十日間のアルコール提供禁止」という馬鹿げた判決が出された。どこで、どう歪《ゆが》んで、こういう判決になったのか……。どこの国でも理不尽なことはあるものだが、自由と民主主義の国アメリカでこんなことが起こるのか……。やはり人種差別だけは厳然と存在するんだ……と、絶望的な気持ちになった。

飲み屋に対して、アルコールの提供禁止というのは、営業停止処分と同じことだ。禁酒法時代ではあるまいし、明らかに私の店に対しての嫌がらせとしか思えない。この「とんでもない判決」で私の闘志はさらに火が点いた。売られた喧嘩は買う。

「二十日間のアルコール提供禁止」――私はこれを逆手に取ることにした。つまり、アルコールを売ってはいけないなら、売らずに店を開ける「ノンアルコール・イベント」をやることにしたのだ。二十日間に限りノンアルコールのみを提供。ノンアルコールシャンパンを百五十ドルで販売したのだ。

通常営業の時ならあり得ないだろうが、事情を知っていたお客さんたちはこれを快く受け入れてくれた。中には大変だろうと、日頃よりチップを弾んでくれた方も大勢いた。

私はいつでもどんな時でもお客さんとスタッフに支えられて来たと思っているが、この時ほどそれを強く感じたことはない。こうして二十日間におよぶアルコール提供禁止は乗り越えることができた。それでも警察による監視はその後も続いた――。

三年間にわたる警察との戦いを終える日がついにやって来た。それは私の反撃の勝利でもあった。

以前から摘発にやって来た警官の中で、店のキャストたちに侮辱的発言をしたり、卑猥な言葉を吐いたりしていた者がいることに気づいた私は、その警官たちとキャストの会話を録音させることにした。つまり、それらの暴言は捜査の一線を超えたパワーハラスメントに当たる可能性があると思ったのだ。

案の定、ある摘発時にいた警官が、摘発最中にキャストの女性スタッフに対して、「デートしてくれるなら、今回は見逃してやる」

などと発言し、誘ったのだ。

私はこの録音テープを「Internal《インターナル》 Affairs《アフェアーズ》」(警察の不正などを専門に扱う部署)に提出して捜査を依頼した。当然、警察の捜査は行き過ぎであり、パワハラにあたるという決定が下された。しかもこの警官は既婚者。つまり奥さんがいるのに、キャストを性的に誘ったということで、社会的にも大きく取り上げられた。

この事件により、警察によるクラブ茶々への異常な監視の日々は終わりを告げ、私はようやく溜飲を下げた——。

第五章　新店舗「ROOM C」

1

二〇〇一年九月十一日——。

アメリカ中を、いや世界中を震撼させる大事件が起こった。ニューヨークの世界貿易センタービルがテロリストによって爆発炎上し、崩壊するという米国同時多発テロ事件だ。

〝キリスト教対イスラム教〟〝文明の衝突〟と世界中で議論を巻き起こした。これにより、アメリカは〝悪の枢軸国〟で〝テロリストの温床〟であるイラクを叩くと宣言。この後、イラク戦争へと突入していくことになる。二十一世紀の幕開けは、この世紀が激動と混乱の時代になるであろうことを予想させるものだった。

この年、私は三十七歳。「クラブ茶々」がオープンしてから五年が経っていた。

何をもって成功とするのかは人それぞれだと思うが、私はトーランスで一番のナイトクラブを経営する敏腕オーナーとして、LAで名を知られる存在になっていた。

「一番楽しく、リラックスできる店」

「一般人だけじゃなく、有名人やお金持ちも集まる店」

「店を出る時には、必ず笑っている自分に驚くんだ。雰囲気が最高でね」

「もしLAに来たら、ぜひ紹介したい店のひとつだね」

お客さんたちやその周りの人からここまでの評判を得ると、店の経営は何も心配することがなくなっていた。


この五年の間に変わったことといえば、私の仕事での実績が認められて、LAの実業家や経営者のパーティーに呼ばれる機会が増え、それにつれて、それら業界の人たちとの人脈が広がったこと。

その人脈の中に私と同じ台湾人の兄弟がいた。

兄の名は楊正余《ヤンジョンユー》。周りからは「YC」と呼ばれ、個人商社を経営していた。弟は楊《ヤン》明雄《ミンシュン》。「YM」と呼ばれ、携帯の販売会社を持っていた。父親が政治家ということで、ふたりはかなり裕福な家のボンボンだった。

兄のYCは何を着ても似合うモデルのような体型で、人懐っこい笑顔が特徴的だった。会話をする時、両手を広げてオーバーリアクションで話す癖を持っていた。

弟のYMは兄とは違って恰幅が良く、そのためスーツはいつもダブルを着ていた。兄同様人懐っこい笑顔をしていたが、眼は笑っていなくて、どこか油断のなさを匂わせていた。

その兄弟が、いつの頃からか私の店に顔を出すようになった。その日もふたりでやって来て、私にとんでもないビジネスの話を持って来た。

「茶々、LAの中心部《ダウンタウン》にあるサウザンドホテルの地下にナイトクラブを出さないか、という話があるんだが、乗らないか？」

「サウザンドホテルって……あのLAの象徴ともいえるダウンタウンの中心にそびえ建つ総ガラス張りの美しいホテルよね」

「そうだ。あのホテルのオーナーであるロバートとは幼馴染みなんだ。そのロバートが自分のホテルの地下にナイトクラブを出したいので、茶々に声をかけてくれないか、と言うんだ」

「なぜ私なの？」

「そりゃ、茶々がこのトーランスで成功しているからさ。LAの夜の世界じゃ、茶々は有名だからな」

「だけど……、サウザンドホテルといったら超一流よ。そのオーナーがわざわざうちに出店しないかなんて話……あまりにリアリティーないわよ」

「じゃ、ロバートと直接会って確めてみろよ。なんなら、今からでも会いに行かないか？　俺たちはロバートとは友達だから、いつだってアポを取れるんだ」

弟のＹＭはそう言って、胸のポケットから携帯電話を取り出して、私の目の前に差し出した。

「今は営業中だから無理だわ」

「そんなことはもちろんわかっているさ。でもこういうことでは、信頼関係を素早く築くことが俺たち兄弟のビジネス流儀なんでね」

「……」

彼らが本気で話していることは、その真剣な表情から理解できた。

「この話には俺たちも一枚加わろうと思っている」

「出資は半々でどうだい？」

ビジネスのことで曖昧《あいまい》な話をするのが嫌いな私は、お金のことを初めに話した彼らを信用することにした。

「ＯＫ！　そのロバート氏に会うわ」

兄のＹＣはすぐにロバート氏に電話をかけ、翌日の午前中に会う約束を取りつけた。ホテル地下の物件を直接見せてもらうことも約束してくれた。

私は話を聞いてからひと晩経っても正直、半信半疑だった。

「あのサウザンドホテルよ。あんなすごいホテルの地下にお店を持てるなんて……。本当だったら、何て素敵なことだろう」

それでも私は慎重だった。セントポールで高級な物件はテナント料も高いから、経営は難しい、という経験をしていたから……。

翌日、ＹＣとＹＭ兄弟と待ち合わせて、サウザンドホテルの地下に案内され、元アメリカンバーだったという物件を見た瞬間、ナイトクラブの経営者としての血が騒ぎ出した。立地の素晴らしさはもちろんだが、「クラブ茶々」の倍以上の大きさだったから……。

「内装はこのままで大丈夫だし、高級感もある。初期投資がかなり抑えられそうな点も魅力的ね」

思わず笑みを浮かべた。その時背後から、「いかがですか。お気に召しましたか、茶々さん」という低音の響く声が聞こえた。

そこには、ツィードのジャケットをジーンズに合わせて、オシャレに着こなしたスマートな紳士が立っていた。彼は握手をするために、手を差し出した。

「ロバートだ。噂は聞いているよ、よろしく」

「ロバートさん、初めまして。茶々と申します」

ロバート氏は、超一流ホテルのオーナーという落ち着きある物腰で、優しく微笑んで私を包み込んだ。これまでお金持ちはたくさん見て来たが、彼らとは明らかに違ったオーラを漂わせていた。

「どうだね、この物件は？　このまま寝かしておくのはもったいないと思わないかい」

「そうですね、もったいないですね」

「ご存知のように、このＬＡには多くの日本人がいる。ここのサウザンドホテルには日本人客が多く宿泊する。日本式ナイトクラブは成功すると思うんだ」

「家賃は茶々が自由に決めていいから、ここでナイトクラブをやって欲しいんだがね」

「……今、返事をしなければいけませんか？」

「今、返事が欲しい。考えるまでもない、君はヤル気満々さ。表情を見ればわかる。

ここをどう使おうかと顔がキラキラ輝いている」

ロバート氏は私の心の内を読み取っていた。そのとおり、私はこの場所なら絶対成功すると感じていた。テナントの素晴らしさはもちろんだが、私の直感がそう告げていた。

当時、日本はバブル崩壊後の低迷が続き、アメリカに来ていた日本企業も撤退していくことが多く、LAの夜の世界には不景気風が吹いていた。日本人客が多いトーランスの「クラブ茶々」にも、その影響が出ていた。日本人だけを相手にしていては不安がある。

その点、この場所はいろいろな人種を相手にできるLAのダウンタウンの中心地。しかも真上は、有名なサウザンドホテル。ビジネス客も観光客も見込める。

ダウンタウンには弁護士事務所や会計士のオフィスも多くあり、それらの業種の人たちにも、クライアントの接待で使ってもらえる可能性がある。これほどビジネスチャンスに向いた場所はそうそうない。

「やりたい！　ここでお店をやってみたい!!」

ロバート氏はそんな私の心の内を見透かすかのように私の顔を覗き込んだ。

「家賃はいくらにしたらいいかな？」

私は一瞬考える。あまり安過ぎるのも失礼だし、かといって、見栄を張ってもあと後悔しそうだし……。

どう見積もっても一万五千ドル（当時の日本円で約百八十万円）はくだらない物件だったけど、家賃は安いほうがいい。ダメ元で、

「三千ドル（当時の日本円で約三十六万円）でどうでしょうか？」

と言ってみた。すると、オーナーは、

「オーケー！　すぐ契約書をつくろうじゃないか」

「い、いいんですか!?」

「茶々は有名人だから、こちらは何の心配もしていないよ」

「あの……私、まだまだですよ。そんな簡単に信用していいんですか」

「茶々の名はこのLAでは有名だ。ホテルは所有していても私の名前なんて誰も知らない。今をときめく茶々に、ここに入ってもらって、ホテル全体を賑やかにしてもらいたいんだ。よろしく！」

「……」

屈託なく笑い、私の手を強く握り締めるこの紳士に、私は自分の運命の一部を賭けてみようと思った。それくらいロバート氏には人に安心感を与える力があった。私は

胸の高鳴りを抑えるのに苦労していた。

ロバート氏とホテルのエントランスで別れると、立ち合っていたＹＣとＹＭが話しかけてくる。

「ホラ、言ったとおりだろ。俺たちを信用したか」

「信用はしていたわよ。でなきゃ来なかったわ」

正直に言うと、ロバート氏と会うまでは、このふたりをどこかでは信用していなかった。ふたりが経営する会社が、どれほどのものか、実体がよくわからない所があったので、ふたりのことを完全に信用するまでに到らなかったのだ。

ふたりの物言いや仕草にも、どこか大風呂敷を広げるようなところがあって、どうしても胡散《うさん》臭さを感じてしまっていたのだ。でも、ロバート氏に会って、その心配や不安は吹き飛んだ。ふたりとは改めて相談をすることにして、その場で別れた。

ひとりになった私は、「冷静に、冷静に」と自分に言い聞かせた。自分の勘は間違っていないか？　こんなに即断即決して良かったのか？　資金の問題やライセンス関係はクリアできそうなのか？

私は家に帰って慎重に出店計画を検討した。怖さはある。だが、それに負けて断わったら……今後、二度とこんなビッグチャンスは訪れないだろう。何しろサウザンドホテルなのだ。ＬＡのシンボルといえる建物の中に自分の店を出せるんだ！

考えれば考えるほど、「やりたい！　やってみたい!!」という気持ちのほうが、失敗したらという気持ちより強かった。

心を決めて、窓のカーテンを開けて外を見ると、明るいＬＡの太陽の光が私に降り注いだ。まるで、私の明るい未来を祝福するかのように――。

2

ＹＣとＹＭの台湾人兄弟とは、突っ込んだ話をしなければならなかった。もちろんお金の話だ。

共同経営の形を取りたがっているこの兄弟と、どのような契約を結ぶか。少しでも不利になるような契約は結びたくない。ここは「クラブ茶々」のママではなく、ひとりの経営者として態度をきちんと示さなければならなかった。

兄弟と再び会ったのは、その日の夕方。支店を出す話はまだ誰にも聞かせたくなかったので、キャストやスタッフが出勤する前の時間帯を指定して、トーランスの「クラブ茶々」に来てもらった。

彼らが提示した契約書には、とてもシンプルな数字が並んでいた。

「投資はそれぞれ五十万ドル（当時の日本円で六千万円）」

「利益が出たら五十対五十で配分。赤字になっても五十対五十で負担」

「法人登記は弟のYMが代表を務める会社が行い、店のオーナーもYMとする」

なぜ法人登記をYMの会社が行い、私ではなくYMが名目上の「クラブ茶々」の支店のオーナーになるのか？

理由は「クラブ茶々」がオープンしてからずっと、エスコートライセンスの問題で警察に睨まれていたからだ。今回の新しい店も、「茶々」の名前を出せば目をつけられる恐れがある。これをかわすためには、「茶々」の名は表面に出さないほうがいいだろう……ということだった。その点をつかれると確かにそうだと思い、私は自らがオーナーとはならなかった。

「茶々、この契約が成立したら、ひとつ相談がある。実はホテルのオーナーであるロバートのことなんだが……」

兄のYCいわく、ホテルのオーナーともなれば、表に出せる金以外にいろいろと金が必要だ。だからロバート氏に対して便宜を図る必要がある。

「出資するお互いの五十万ドルを営業経費には使わずに、ロバートと弟の会社にそれぞれ預けたい」

と言って来た。ホテルのオーナーにお金を預けるのは保証金とも解釈できるし、もし戻って来なくても家賃などの支払いに相殺できると私は考えた。

だから疑いもなく五十万ドルの小切手を用意して、出資金をロバート氏とYMの会社に預けた――。

3

前にも説明したが、アメリカで新規のナイトクラブをオープンさせるのは容易なことではない。

「クラブ茶々」の支店を出すにあたっても、さまざまな認可取得に大変な費用と時間がかかった。今回はホテルのオーナーのロバート氏の力添えがあったため、割とスムーズに進んだ。それでもオープンまでに二年かかった。

アルコールのライセンスは、現在では取得することが不可能に近い特殊リカーライセンス五十七番（会員制ゴルフ場やフィットネスジムなどで必要とされる許可書で、メンバー制のクラブ用でもある）を取得できた。

ようやく開店の準備が整ったのは、「クラブ茶々」オープンから七年目、二〇〇三年の夏のこと。私は三十九歳になっていた。

新しい店の名前は「ＲＯＯＭ Ｃ」とした。〝Ｃ〟はCHACHA《茶々》のＣ、つまり「CHACHA'S ROOM」＝私の部屋へようこそ、という思いを込めて名付けた。

「ＲＯＯＭ Ｃ」のオープンから一週間後、私はいきなりトラブルに見舞われた。

午前中に前日の売上げを入金するために銀行を訪れると、「ＲＯＯＭ Ｃ」の口座がブロックされていて、入金も引き出しもできない状態になっていたのだ。

すぐに銀行に調べてもらうと、驚いたことに、これまで入金した店の売上げの一部が引き出されていることが判明した。

口座を管理していたのは、「ＲＯＯＭ Ｃ」の代表である弟のＹＭ。彼が売上げを私的に流用していたことが発覚したのだ。

（まったくもう……。どこか危っかしいところのある人間だとは思っていたけど……。それでもロバート氏がバックにいるから信用して組んだのに……。たった一週間でこれでは、人間不信になっちゃうよ）

私は大きな溜息をひとつついて、すぐに問題を解決すべくロバート氏に電話をかけた。

「ＲＯＯＭ Ｃの口座がブロックされて困っています。確かロバートさんにＲＯＯＭ Ｃの出資金である五十万ドルを預けてあると、ＹＣから聞いているのですが、もしもの場合、その五十万ドルをお借りしてもよろしいですか？」

私は現状をロバート氏に説明した。するとロバート氏は、

『茶々……、僕は五十万ドルなんて預かっていないよ』

（やっぱり……）と、心の中でつぶやいた。

まんまと台湾人兄弟にだまされたのだ。そもそも「ＲＯＯＭ Ｃ」の口座の金を、自分に断わりもなく勝手に使われてしまったら、契約を反古にされたと同じだ。

私はロバート氏に非礼を詫び、すぐさまＹＭに電話を入れた。

『茶々、どうしたんだい？』

「今、銀行に行って来たんだけど……。どうしてＲＯＯＭ Ｃのマネジメントをして

いる私が、銀行の口座にアクセスできないようになっているの？　なぜ口座がブロックされているの？」

一瞬の間があってから、ＹＭは答えた。

『ブ、ブロック？　茶々、それは誤解だよ、俺がそんなバカなことをする人間だと思っているのかい？』

（思っているから、言っているのよ！）

『ブロックをかけたのは事実だけど、解除の連絡をするのを忘れてたんだ……』

（どうしてブロックをかけたのよ？）

と言おうと思ったけど止めた。どうせとぼけて、この場を何とか切り抜けようとするに決まっているから……。私は別の角度から攻めた。

「口座に入っていたはずの売上げが減っているという事実は、どう説明するの？」

『う……』

ＹＭは一瞬言葉に詰まったが——。

『し、信じてくれよ、茶々』

「信じるって何を？」

『だから、本当に手違いなんだ……』

「YM、私はレストランやナイトクラブをもう二十年もやってるんだよ！　そこらの駆け出しの素人と一緒にしないでよ」

「ROOM Cはオープニングセレモニーの時、クラブ茶々の常連客が連日大勢来てくれて、ドンペリを何本、いや何十本も抜いてくれて、かなりの売上げを挙げているはず。銀行には、かなりの額が入金されているはずよ。それがほとんどないって、どういうことよ!?」

『……』

「あんた以外にあの口座にタッチできる人間はいないのよ！　あんたが勝手に引き出して使ったとしか考えられないでしょ!!」

『そ、それは……。一時的にちょっと使わせてもらっただけだよ。俺の取り分を先に取らせてもらっただけだよ』

（なるほど、そういう論理をつけて逃げようってわけね……なら！）

「質問を変えるわ。YM、最初にお互いに五十万ドルずつ出資した件だけど、あれはどうなってるの？」

『ど、どうって……？』

「合計百万ドルの出資金があったはず。そのうちの五十万ドルはロバートさんに預けたって、私には説明してたけど、ロバートさんに確認したら、そんな話は知らない、聞いていないと言ってたわよ！　これについてはどう説明するつもり!?」

『……』

　ＹＭは無言になった。口座のブロックのことは何とかごまかせると思っていたのだろうが、ロバート氏に預けたという五十万ドルの件は、当のロバート氏に確認されている以上、さすがにごまかし、言い逃れはできなかったのだ。

「あんたたち、兄弟……初めから私をはめようとしてこの話を持って来たのね。私を食いものにしようとしてたんでしょう!!」

「ロバートさん、こんな詐欺行為に自分も利用されたって知って、かなり怒っていたわよ。もちろん、私の怒りも頂点に達しているけどね!!」

『そ、そんな詐欺だなんて……』

「なんなら警察に行ってもいいのよ」

『……』

「今後、これ以上私のこと、バカにしたら許さないから！　私的に流用したお金を口座に戻すこと。出資の五十万ドルのこともきちんとクリアにすること！　わかった!?」

『わ、わかった……』

キッパリ言って電話を切った。その電話のやりとりに自分自身驚いていた。ＹＭに対してあそこまで強く啖呵《たんか》を切れるなんて……。私は自分で気づかないうちに強い人間になっていた。

元々、気は強いほうだったけれど、自分の店を二店舗経営するようになって責任感がより強くなっていたのだ。これまでは、「クラブ茶々」のファミリーだけだったけど、今は「ＲＯＯＭ Ｃ」のキャストや黒服の生活も守らなければならない立場となっていたから……。

大所帯となった私のファミリーが路頭に迷わないように、私は戦わなければならないんだという意識が、私をより強い人間に鍛え上げていたのだ。

とにかく、この問題はＹＭがお金を口座に戻したことでいったんはおさまった。でも私のＹＭに対する不信は強く残った――。

4

話は前後する。実は、私は「クラブ茶々」を始めて間もない頃、ある男と結婚した。パートナー、ファミリーと思っていたリナの突然の死で、心にポッカリと穴が開き、お店をやるレールは敷かれていたのに、なかなか進めなかった時、そばにいて私を献身的に支えてくれて、「クラブ茶々」オープンに尽力してくれた日本人黒服がいたのだ。名を横山といった。以前、この名は言ったと思うけど、記憶にあるだろうか……。

私がリナを失った時、登場した人間だ。

私は、リナに代わるファミリーが欲しかった。その横山にリナの代役を求めた。彼は一生懸命その役を果たしてくれ……気がついた時、結婚ということになっていた。

今振り返ると、けっして愛があったとは思わない。仕事の支え、パートナーが欲しかった。それを愛と錯覚したのだ。

彼もまた、何らかの打算、計算があって私のパートナー的役割を演じていたと思う。でも当時の私は、ビジネスには優秀であっても、男女のこととなると極めて幼なかった。私はそれまで恋らしい恋をしないまま大人になってしまったような人間だったのだ。

私は、台湾人兄弟と新しい店を出す話が起こった時、当時の夫・横山に相談した。もちろん彼は賛成した。私の背中を誰よりも強く押してくれた。

「ＲＯＯＭ Ｃ」をオープンするにあたり、売上げの分配や出資に関する以外にも結んでいた契約があった。

実質的に店を運営することになる私が、売上げの十パーセントをもらうという契約だった。すなわち毎月の売上げから、まず私がマネジメント料として売上げの十パーセントをもらう。残りの売上げから家賃や光熱費、人件費、仕入れ代金などのすべての経費を引いた金額（利益もしくは損失）を、私と台湾人兄弟で均等に分配するというものだ。

そのため私は、「ＲＯＯＭ Ｃ」のマネジメント会社として「ＣＣマネジメント」という新しい会社を設立し、その代表を当時の夫であり、「クラブ茶々」のマネージャーでもある横山に任せていたのだ。

ＹＭが口座をブロックした騒動も落ち着いて、一カ月が経った頃……。今にも雨が降り出しそうな、どんよりとした雲が広がっている夕方、私の「ＲＯＯＭ Ｃ」の事務所に「クラブ茶々」の黒服から電話があった。「クラブ茶々」の開店の時から働いてくれている、私が信頼している黒服だ。

『ママ、今、大丈夫ですか？』

「どうしたの……深刻な声だけど？」

『実は、横山マネージャー……ご主人のことで』

「横山がどうかしたの？」

『ちょっと言いにくいのですが、横山マネが……』

「さっさと言いなさい。何があったの？」

『セクハラで訴えられるかもしれないっていう話を耳にしました』

「えっ!?　セクハラ……？　どういうこと？」

黒服は自分が聞いたことを一気に話した。横山が、かおりというキャストに手を出し、彼女がセクハラされたと言い出して、警察に行くと騒いでいると言うのだ。

「……」

頭の中の整理ができなかった。でも、あの人なら……横山なら、ありえるかもしれない。仕事はできる人間だったが、女に対してはどこかルーズな面があった……。

　結婚してから、何度か女性の影を感じたことはあった。でも忙しかったから、追求せずに知らんぷりをして見逃していた……。その女癖の悪さがついに表面化したということか……。

『どうします？　騒ぎが大きくなる前に何とかしないと、店に告訴状が来たら厄介なことになりますよ』

「その話が本当ならね……。どうすればいいの？」

『かおりが店を辞めて警察に行こうとしたら、何とか食い止めるしかないと……』

「わかった。とりあえずこっちでも確認してみる。また何か新しい情報が入ったらすぐに教えて。連絡してくれてありがとう」

　電話を切った直後、スタッフルームにいた横山が顔を出した。

「よう！」

　横山はいつもと変わらず、軽いノリで言葉を交わして来た。

「……最近、クラブ茶々のほうは任せっきりだけど、何かトラブルとかない？」

「別にないいな」

「キャストたちはどう？　何か問題を起こしている娘《こ》はいない？」

鎌をかけてみる。

「それもないな。みんなちゃんと出勤して来ているし、勤務態度もいいよ」

「かおり……は？」

「かおりね……。そういや今日は休みたいって言っていたけど、さっき連絡があって、予定が変わって出勤できるんだけど、していいか……って聞いて来た。今日は週末でキャストが足りないかもしれないから、出勤してもらうことにした。よかったよな？」

（……セクハラされたのに、わざわざ横山に連絡して来て、さらに休みを返上して出勤したいって……どういうこと？）

（セクハラ話はなかったってこと……黒服の勘違いってこと？）

「かおりのこと、気にしているが、何かあったのか？」

「う、ううん……別に……。ただちょっと思い出しただけ……」

横山の態度も特別変わった点はないし、かおりは何事もなかったかのように出勤して来て、いつもと同じように働いていたというから、セクハラ話は誰かが嘘を言ったか、勘違い話ということで、私の記憶の片隅に追いやられた。

でも、この話が時間を置いて再び私を悩ませることになるとは、この時点で想像だにしなかった――。

5

「ＲＯＯＭ Ｃ」のオープン当初からママを務めていたのは、もちろん私、茶々。チーママには「クラブ茶々」オープン時、リナの死で弱気になっていた私を励まし、支えてくれて、今や私にとって大切なファミリーの一員となった〝リコ〟〝ハルカ〟〝ビビアン〟の三人に、「クラブ茶々」のキャストからチーママになるということで「ＲＯＯＭ Ｃ」に来てもらった。

三人ともキャストとして経験豊富で、甲乙つけがたい美しさと魅力の持ち主だった。それぞれがお金をたくさん使ってくれる〝太い〟常連客を持っていた。

その常連客の中には、ひと晩で五千ドル（当時の日本円で約六十万円）以上も使ってくれる白人客や、毎日通ってくれる日系企業の社長、地元放送局のオーナーなどがいた。

私にとって三人のチーママはまさにファミリーだった。そして彼女たち三人のうちのひとりを近い将来、「ＲＯＯＭ Ｃ」のママとして店の顔にするつもりでいた。

ところが……、ファミリーの中で最も信頼していたリコが問題を起こす。

リコは〝上客〟〝太客〟を何人も抱え、キャストとしては優秀な女性だった。「キャストとしては」と言ったのは、人としては明らかな欠点があったのだ。その欠点とは、「男にだらしない」ということ――。


見た目が美人というよりは、可愛く男から好かれるタイプの女性で、そのコケティッシュな微笑は、女の私から見ても魅力的だった。本人もまた男に惚れっぽい性格で、つねに周囲に男がいないと満足できない癖があった。

それが高じて男に熱くなり、はまって店を辞めてまで男にのめり込むこともあった。そういう人間だとわかってからは、「辞める」と言っても、休み扱いにして籍だけはいつも「クラブ茶々」に置いていた。

「リコは男のトラブルさえ起こさなければ、この世界で大成功できるのに……」

私は常々そう思っていた。そのリコが「ROOM C」がオープンして四カ月経った頃から、ある男とできて、問題を起こし始めたのだ。

ある男とは、台湾人兄弟の弟、件《くだん》のトラブルメーカーのYM――。

「ROOM C」開店当初の銀行口座問題以後、しばらく店には顔を出さなかったが、客として店に来るようになり、リコを気に入り指名。毎日のように通っては、口説きまくった。

男に口説かれると弱いリコ。しかもその男は、表面上は「ROOM C」のオーナーだ。ふたりが付き合うのに時間はかからなかった。当初はYMが熱くなり、リコの言うがままだった。

「新しいドレスが欲しいの」

「高級ブランドのあの新作バッグ、素敵よね」

「アカプルコに行ってみたいな」

リコに夢中になっていたYMは、すっかりリコの尻に敷かれ、言いなりになっていた。リコも名目上ではあるが、オーナーのYMに惚れられ、尽くされるのは悪い気はせず、しだいに有頂天になっていった。

やがて酒癖が悪く、嫉妬深いYMが本性を現し出す。営業中の店内でリコが視界から消えただけで、

「リコはどこに行ったんだ？　客と一緒にどこかに消えたんだろ！」

と、情緒不安定になって、他のお客さんのことなどお構いなしに騒ぎまくった。挙げ句の果てに、公休日のリコに連絡が取れないというだけで、

「こんな店閉めてやる！」

と店内で暴れ出すこともあった。

「ママ……あの男、何騒いでいるんだ？」

他のお客さんが私に尋ねる。

「この店の名目上のオーナーです」とは言えなかった。

「あ、あれは……ただの酔っぱらいで……今、対応いたしますので……」

「いいよ、不愉快だ。今日はもう帰る」

「も、申し訳ありません。今後このようなことは起きないようにいたしますので……」

ひとりならず、何人もそういうお客さんが続出した。

「このままYMを放っておくと、店の雰囲気が悪くなるばかりだ。急いで何とかしないと……」

ここは兄のYCに頼むしかなかった。YCは弟と違って常識がわかる人間だったし、弟の口座ブロック事件の時も、弟を厳しく叱責してくれたから、今回も力になってくれるだろうと思ったのだ。私の話を聞くと、YCはその場でYMに電話をかけた。

「オーナーが店で暴れるなんて、お前、何てことしているんだ！」

「お前は名目上のオーナーなんだぞ。これ以上、実質オーナーの茶々に迷惑をかけるな」

「しばらくは〝ROOM C〟への出入りは禁止だ！　わかったな」

電話を切ってから、申し訳ないという顔で私を見た。

「すまなかった、茶々……。以前の口座ブロックの時といい……本当に申し訳ない。これからはあのバカをきちんと監督するから……」

「ありがとう、YC……お願いします」

YMが「ROOM C」に顔を出さなくなって、事態はひとまず落ち着いた。だけど、その状況はリコにとってはおもしろくないことだった。自分の客を茶々ママが出入り禁止にした……リコは私に対して不満の芽を育《はぐく》み始めていた。そんなことにはまったく気づかず、その年は暮れ、正月休みに入った——。

6

年が明けて、二〇〇四年――。LAの中心部《ダウンタウン》にあるサウザンドホテルの地下の「ROOM C」も新年の仕事始めを迎え、正月休暇を終えたスタッフ全員が店に戻って来た。

「みんな、今年もよろしく頼むわね」

「こちらこそ、よろしくお願いします」

スタッフ全員の元気な顔を見て心から安堵し、「今年も頑張るぞ」という気持ちになった。私は全員にお年玉を配った。

「ワアッ！　この年齢になって、お年玉をもらえるなんて!!」

「お年玉って日本だけの習慣かと思ったら、ママの台湾にもあるの？」

「バカね。日本の文化や習慣って、たいていは中国から伝わったものなんだよ。いわば中国は日本のお兄さんみたいな国よ」

「あ、そうか」

キャストたちのそんな会話が飛び交い、店内は和やかな笑いに包まれる。そこには、日本人も台湾人もない……人と人との繋がりの中で生まれた信頼という絆が確かに感じられた。

ただひとつ気になったことは、そんな和気あいあいの中で、ひとりだけ浮かない顔をした娘《こ》がいたのだ。リコだ——。沈んだ顔のリコを見て発破をかけた。

「リコ、今年もみんなを引っ張って行ってね」

「……どういう風に？」

リコの態度は素っ気なかった。それはスタッフ全員も感じた。

「チーママとしてよ。売上げが一番のあなたが頑張らないで、誰が先頭切って頑張るのよ」

「そりゃ……一番になるのは、私しかいないけどさ」

その時だけは、満更でもないという表情を浮かべた。

「まあ、リコはお客さんの前ではしっかり仕事するものね。頼むわよ」

リコは、「言われなくてもわかっているわよ」という表情で小さく頷いた。

「お年玉以外にも配るものがあるんだ。プリンをつくって来たからみんなで食べてちょうだい」

昔から料理が得意だった私は、時々スタッフに手づくりのケーキや弁当を振る舞っていた。

「ママの手づくりプリン、うまい！」

「ホントだ、おいしい」

「毎日プリン食べたいなあ」

「毎日だったら飽きちゃうわよ。だったら明日はマドレーヌをつくってくるわ」

「やった!!」

スタッフは、みんな笑顔で喜んで食べてくれた。でも、リコだけは無表情でみんなの輪から離れて行った。

（何が不満なの、リコ……）

私はその時ようやくリコが私に対して不満を抱いているのでは……と思い始めた。

お店には来なくなったが、ＹＭとリコの関係は私の知らないところで、ずっと続いていた。

「ねえ、どうしてお店に来ないのよ」

「仕方ないだろ。兄貴からも出入り禁止を言い渡されちまったんだから」

「あの店、ＹＭがオーナーなんでしょ⁉」

「あ、ああ……。茶々と共同だがな」

「だったら、そんな遠慮する必要ないじゃん！　私ね、あの店に……茶々ママのやり方に結構不満あるんだ」

「不満……どんな？」

「給料がちっとも上がんないのよね。私ずっとトップ取ってんだから、もっと上げてくれてもいいはずだよね。ママ、私らのこと、『ファミリー』と言っているわりに、そんなに報《むく》いてくれてないよ。私の大事なお客のＹＭのこと、私に相談なしに〝出禁〟にしちゃってさ」

　ここまでは、リコの単なる愚痴だった。リコもそんなに強い意識で私に対する不満を言ったわけではなかった。

「私ももう三十歳になるからさ……。いつまでも茶々ママの下っていうのはね。自分の店をやりたいんだけど、ＹＭ、スポンサーになってよ」

　そのひと言でＹＭの頭の中の悪知恵のスイッチが入った。

「リコをママにしてやるよ」

「え!?」

「新しい店を出してやらなくても、俺はリコを有名店のママにしてやることができるんだよ!!」

「……有名店ってどこよ？」

「〝ＲＯＯＭ Ｃ〟さ！　俺はあそこのオーナーなんだぜ！　茶々に替わってリコをママにしてやることができるんだよ!!　リコ、ＬＡの名店〝ＲＯＯＭ Ｃ〟のママになりてえんだろう？」

「それは……」

この時のリコとのやりとりが、再びＹＭを暴走させる引き金となる――。


一月中旬。ＹＭがまたも「ＲＯＯＭ Ｃ」の銀行口座をブロックした。

「ど、どういうこと！　ＹＭの仕業ね!!」

私はＹＭに電話した。

「ＹＭ、あんた、また口座をブロックしたわね」

『ああ！』

「いったいどういうつもりなの!?　私に喧嘩を売る気!?」

『これから話し合いに行く！』

「え!?　話し合うって何を……？」

前日の夜の冷え込みがきつく、LAに珍しく霜が降りた日だった。YMは出入り禁止になっているにもかかわらず、開店前の「ROOM C」にやって来た。そしていきなり言った。

「リコをママにしろ！　リコをママにしなければ、口座はブロックしたままだ。それだけじゃねえ、ROOM Cを閉める!!」

「なっ!?」

私は驚き、唖然とした。

「あんた……自分がやっていること、言っていることの意味がわかってるの？」

「この店のオーナーは俺だ！　そのオーナーの俺が決めたんだ。言うとおりにしねえと、本当にROOM Cは閉めるぞ!!」

「……」

（あんたはオーナーといっても名前だけでしょ！　実際にこの店のマネジメントを切り盛りしているのは私よ。出資だって五分五分だけど、実際YMはいっさい出資していないでしょ。私から預かってホテルのオーナーに渡しているはずのお金で、私の前では出資しているように見せかけているのは知っているのよ。この店の実質オーナーは私よ‼)

と言ってやりたかった。でも、突然「リコをママにしろ」と要求してきたＹＭの真意がわからなかったので、

「それは……『リコをママにしろ』というのは、あんたが望んだこと？　それともリコが望んだこと？」

「もちろん、リコが望んだことに決まってるだろう！　リコはお前のやり方に不満を持ってんだよ」

リコが私に不満？　そう言われると、年末からの私に対する態度が納得いく。不満の理由は何なのか……話し合いをしたい……。

リコが「ＲＯＯＭ Ｃ」のママになりたいと言うのなら……それで不満を消せなくとも、和らげることができるなら……。別にＹＭのゴリ押しに屈するわけではなく、実はＹＭが言い出さなくても、二月にはリコをママにするつもりだったのだ。

私は自分の誕生月の二月になったら、トーランスの「クラブ茶々」で誕生日イベン

トを一週間にわたってやる予定でいた。ナイトクラブにとって、ママの誕生日イベントは店のドル箱だった。だから二月になったら「ＲＯＯＭ Ｃ」には出られなくなるので、三人のチーママのうち誰かをママに昇格させて、「ＲＯＯＭ Ｃ」を守らせようと考えていたのだ。

三人の中では一番の売上げを誇るリコが適任と思っていた。「ＲＯＯＭ Ｃ」のオープン以来、もっとも〝太い客〟をリコは捕まえていたのだ。そのお客さんは、ＬＡでは知らない人がいない地元の有名企業の二代目社長で、毎日のようにリコを指名し、いつも楽しく幸せそうに陽気に騒いでいた。一日で一万ドル（当時の日本円で約百万円）以上もの大金を使ってくれる日もあった。

売上げに関しては申し分ない。キャストもスタッフも納得してくれるはず。もちろんリコにママとしての資質、器があるかどうかはやらせてみなければわからない。やらせてみて、もし今までより店の雰囲気が悪くなったとしたら、その時は改めてリコをママとして教育すればいい。リコにママをやってもらう。それが「クラブ茶々」オープン当初から、私を支えてくれたリコへの私なりの恩返しのつもりだった。

「わかったわ、ＹＭ。リコをママにするから、今日のところはおとなしく帰ってよ」

「……本当にママにするんだな」

「私は一度口にしたことは必ず守って実行する人間よ」

「……」

私が「やると言ったらやる人間」だということをわかっているYMは、おとなしく帰って行った。


その日の閉店後、考えていた予定よりも早まってしまったが、私はリコにママになってもらうことを伝えた。

「ROOM Cのママになって欲しいの」

「え!?」

「ずっと前から考えていたんだけど、そろそろいいかなと思って……。ROOM Cのことを頼んだわよ。売上げがすべてじゃないからね。店の雰囲気、お客さんとスタッフの気持ちを大事にしてよ」

「……」

リコはしばらく考えてから言った。それはこれまでの彼女のことを考えると、私にとって少し意外な言葉だった。

「わかったわ。ママをやらせてもらいます。ROOM Cは私が守る。茶々ママのような立派なママになれるように頑張る。だから心配しないで。茶々ママは安心してトーランスの本店に戻って。ＹＭにこれ以上邪魔はさせない!!」

一気に言い切り、最後にこう締めた。

「ママにしてくれて本当にありがとう」

リコの言葉に嘘は感じられなかった。素直に言ったように私には思えた。リコを可愛いと思った。

だけど最後に言ったＹＭのことは気になった。リコの背後にＹＭがいることを認めたようなものだ。あのＹＭがこれでおとなしく「ＲＯＯＭ Ｃ」から手を引いてくればいいけど……。自分の息のかかったリコをママに送り込んだとなったら、次はどのように出てくるのか……その点だけは不安があった。だから、リコにひと言だけ言った。

「何かあったら必ず私に相談してね。何だかんだ言っても私たちはファミリーだからね」

リコは大きく頷いた。その時は素直に私の言葉に耳を傾けてくれたと思った――。

「ＲＯＯＭ Ｃ」のママとしての箔《はく》を付けさせるために、私はリコにリースの送迎用ベンツを与えた。

「私のために、こんなことまで……」

「ROOM Cのママなんだから、ちょっとはいい格好しないとね」

「ありがとうございます」

リコは素直に喜び感激してくれた。でも――。


「茶々ママがね、私に送迎用のベンツを用意してくれるって」

「お前、何喜んでいるんだ？」

「え!?」

「茶々はそれでお前の不満のガス抜きをしようとしているのが、わからないのか。いいか、俺がお前をROOM Cのママにするって言ってるのは、茶々をあの店から追い出して、お前に権利を持たせてやるってことなんだぞ！

お前はROOM Cのオーナーになれるんだ。茶々に安い餌ぶら下げられて、尻尾なんか振ってるんじゃねえっ!!」

「私がROOM Cのオーナー……」

「そうだ。お前をママにするってことは、そういうことだ！　だから、徹底して茶々と戦うんだよ。わかったな」

「……」

そして数日後、リコは「ベンツは自分に必要ない」と冷たく言い放って返して来た。あんなに素直に喜び、感激していたのに、たった数日で豹変するなんて……。私は直感的に思った。

(リコのこの行動の裏にはYMがいる。おそらく「茶々にこれ以上借りをつくるな」とでも言われたに違いない)

(リコとYMはくっついている……としたら次に打って出る手は、「ROOM C」の乗っ取り!!)

(私はどうすればいいんだろう。今さらリコをママにしたことを取り消すことはできないし……)

もしかしたら、リコとYMはそこまでは繋がってはいないかもしれないし、車を返して来たのはリコが私にここまでしてもらうのは……と気を遣ってのことかもしれないし……。

とにかく私は「ROOM C」をリコに任せた以上、この件に関しては静観することにした。

その後、私は「クラブ茶々」の仕事を中心にしながら、マネジメントの責任者――実質的なオーナーとして定期的に「ＲＯＯＭ Ｃ」に顔を出した。

同伴も指名も多いママのリコとは、店で顔を合わせることが少なかった。そのためリコと会った時、込み入った話をする時間はほとんどなく、形式的な挨拶程度の会話にならざるを得なかった。

「おはようリコ。調子はどう？」

「おはようママ。特に変わりもなくキャストもスタッフのみんなも頑張っているわ」

「売上げのほうはどう？」

「今週の目標は達成したので、このまま行けば今月の目標達成はできると思う」

「辞めたいとか言っている娘《こ》はいない？」

「特には……。もういいですか、忙しいので」

リコの態度は素っ気なかった。態度がちょっと大きくなっている気はしたが、それはママになったのだから仕方ないこと、と考えた……。もし「ＲＯＯＭ Ｃ」に何か問題が起こったらチーママのふたり――ハルカとビビアン――から報告があるはずだ。

リコをママにしてから売上げも順調に伸びていたし、キャストやスタッフから不満が出ることもなかったので、とりあえずは黙って見ていることにした。

7

私とリコの間で業務連絡的なこと以外の会話がないまま四カ月の時間が流れる。私とリコの会話はなかったものの、ハルカやビビアンから報告が入りだした。それもあまり芳《かんば》しくはない報告が……。

「ＹＭがまた店に出入りしている」

「リコがキャストやスタッフに威張り散らしている」

「もしかしたら、売上げの数字もごまかしているかもしれない」……など。

怖れていたことが徐々に起き始めていた。私はそれを牽制するため、もっと頻繁に「ＲＯＯＭ Ｃ」に顔を出すことにした。そして、ついにリコと激突することになる。

ＬＡの六月の最高気温は三十度、最低気温は十七度。ほとんど雨が降ることはなく空気は渇いている。昼間はTシャツ一枚で過ごせるが、夜はTシャツの上に薄手のセーターを羽織る……そんな季節だ。

六月最後の金曜日、「ROOM C」は混雑が予想された。キャストが足りないかもしれないから、今日は手伝おう。そう思って、早い時間に「クラブ茶々」を抜け出して「ROOM C」に向かった。


予想どおり「ROOM C」のお客さんの入りは上々だった。私は忙しく動き回るスタッフたちにアイコンタクトをし、リコの姿を探した。リコは奥の席にいた。私も知っている、常連のお客さんの席で、ワイングラス片手にママ然とした態度で接客していた。私はそのお客さんたちに挨拶しようとその席に向かった。私が近づいて行くと、リコはチラと私に一瞥《いちべつ》をくれただけで、私を無視するかのようにお客さんと会話をしている。

お客さんが私に気づいて「よお、茶々」と気軽に声をかけた。私も「いらっしゃいませ」と言葉を返す。

と、次の瞬間予想もしなかった言葉が、リコの口から発せられた。

「この女、何しに来たのよ」

「え⁉」

「この店は私がママよ！　あんたはトーランスにいればいいのよ‼」

その席はおろか店中が一瞬で凍りついた。お客さんもキャストもスタッフもいっせいに私を見る。瞬間考える。

（ここでこの女の挑発に乗ったらダメだ！）

私は自分に「落ち着け」と言い聞かせて、大きく息を吸い、ニッコリと微笑んだ。

「リコ、何イラついているの。お客さんの前で失礼でしょう。みなさん、すみません……リコママに用事がありまして、ほんの少しだけお借りしてもよろしいでしょうか？」

私の言葉は丁寧でも、明らかに有無を言わせない強い響きがあった。

「どうぞ、どうぞ。ママ同士で大事な話があるだろうからな……」

と常連のお客さん。

「では失礼いたします。リコ、いらっしゃい」

私は踵《きびす》を返してスタッフルームへ歩く。リコは渋々立ち上がり、私の後に続く。お客さん、キャスト、スタッフたちが無言で私とリコの後姿を見つめる。そして私たちがスタッフルームの中に消えると、ホッと息を吐き出し、再び店内にザワめきが戻った――。

スタッフルームで、私とリコは対峙する。ふてくされた顔のリコ。

「何なのよ、こんな所に引っ張って来て」

その生意気な口のきき方に、完全に堪忍袋の緒が切れた。

「リコ！　あんたはクビよ!!」

大声で言った。するとリコも負けずに怒鳴り返した。

「あんたにそんな権限があるの!?」

「私はこの店のオーナーよ！　オーナーの権限で言う。あんたはクビ！　いますぐここを出て行きなさい!!」

リコは目をむき、すぐさまバッグから携帯電話を取り出し電話をかけた。

「YM、邪魔者が現われたんだけど！　しかもこの女、私をクビにするって、わめいているんだけど、どうする!?」

そのリコのセリフに私は再び切れた。リコの携帯を奪い取り、携帯とリコの両方に向かって叫んだ。

「この店の実質経営者は私よ！　その私が言っているの、リコはクビよ！　YM、あんた、リコとふたりでこの店を乗っ取ろうと思ってたんだろうけど、そんなことはさせない!!」

「あんたのことも許さない！　戦ってやるから覚悟しなさいっ!!」

私の剣幕に圧倒されたのか、リコは唖然《あぜん》として突っ立っているだけだった。私はそのリコに向かって、声を張り上げた。

「あんたには二度とこの店の敷居はまたがせない！　さっさと出て行け!!」

リコはひと言も返せずスタッフルームを飛び出し、そのまま店から出て行った。

スタッフルームにひとり残った私は身体中の力が抜け、そばの椅子に崩れるように腰を落とした。机に肘を着き、頭を押さえて……呟いた……。

「リコを信じた私がバカだった。ファミリーだと信じていたのに……」

その時、スタッフルームのドアが開いて、チーママのハルカとビビアン、それに店長を任せている黒服の三人が入って来た。

「茶々ママ……、これで良かったのよ……。リコがママでいたら、いずれは私らがぶつかったから」

「そう、茶々ママは何も悪くない。リコがＹＭなんかに踊らされるから……」

「ママ、俺たちはママについて行きますから！　一緒に戦いますから!!」

三人の言葉は、心に大きな痛手を負った私には、どんな薬よりも効き目のある特効薬となった。

(そうだ、私にはまだこの人たちがいる！　このファミリーがいる!!)

リコとの騒動があった翌週の月曜日、香港に出張中だった台湾人兄弟の兄のＹＣから電話があった。ＹＣの声は興奮していて、早口に用件を話した。

『茶々、今日はＲＯＯＭ Ｃに行かないほうがいい』

「どうして？」

『いいから俺の言うことを聞いてくれ』

「だから何でよ、理由を話してよ」

『マズイことになった。あんたの亭主の横山が訴えられた』

「え!?」

『かおりって女がいただろ。そいつからセクハラの件で訴状が届いたと、ＹＭの会社から連絡があった』

「……」

絶句した。

（一年も前の話じゃないの……。しかもあの時、かおりは何事もなかったように仕事をしていたじゃない……）

「あれって根も葉もない噂話じゃなかったの？」

『俺もそう思っていた。だが訴えられているということは……』

「まさか……。もう一年も前の話なのよ」

『そのまさかなんだ。実際に訴状が届いているって、弟は言っている。もしかしたら、今晩にでも警察が来るかもしれない。せめて横山だけはどこかに匿っておいてくれ』

「わかった。横山には連絡しておく」

ＹＣからの電話を切りながら、背筋がゾッとした。この事態が本当だったら……。「ＲＯＯＭ Ｃ」どころか、「クラブ茶々」も営業停止、閉店に追いやられることになるだろう……。私は当時の夫である横山に電話をした。

「あんたが、かおりにセクハラをしたって本当？」

『えっ！　な、何を言っているんだ!?』

「かおりのその訴状がＹＭの所に届いたんだって……。それが警察に出されたら、私たちは終わりだわ……。本当にかおりにセクハラをしたの？　正直に言って！」

当時の夫・横山は強い口調で話し始めた。

『セクハラなんかしていない。信じてくれ！　神に誓ってもいい‼　俺はかおりに金を払ってなんかいない。金を払ったのはＹＭだ。俺にセクハラされたことにしろと言われて、金をつかまされたんだ。お前には悪いが、俺とかおりは今でも関係がある。これはすべてＹＭが仕組んだことだ！』

「やっぱりそういうことか……」

私は横山の言うことを信じた。女にはルーズな人間だが、他人をはめるような悪事をやるような人間ではない。

すべてはＹＭだ。どうしても「ＲＯＯＭ　Ｃ」から私を追い出したいＹＭが、私を失脚させるための材料を探して……。おそらくリコから聞いたんだろう……夫が過去にセクハラ騒ぎを起こしたということを……。それを蒸し返して警察に訴えれば、亭主も私も追い出せると考え、かおりを金で抱き込んで訴状を書かせた。その辺りが真相だろう……。

この事態を切り抜けるにはどうすればいい……。考えている時、私の携帯が鳴った。ＹＭからだった。

『兄貴から聞いていると思うが、お前の亭主に対してセクハラ事件の訴状が届いているんだ』

「その訴状にどんなことが書いてあるのか、今から見に行くわ」

『残念ながら、すでに弁護士に渡してしまって、もう手元にはない。だから俺に会いに来てもムダだよ』

『夫婦は一蓮托生……。最悪、お前に責任を取ってもらうからな。覚悟しとけよ！』

（やっぱり、こう来たか……）

『とりあえず、今日の開店前にＲＯＯＭ Ｃに来い！　そこで決着をつけようぜ‼』

「……」

8

私とＹＭの決着の時は来た。私はとことん戦う覚悟でドライバーに言って、車を「ＲＯＯＭ Ｃ」に向かわせた。

（かおりの訴状というのは絶対嘘だ。そうやって私を揺さぶり、キャストやスタッフを私から引き離すつもりだ）

（私が「ＲＯＯＭ Ｃ」から身を引かなければ訴状を警察に届け出る。そうなれば店はつぶれる。店がつぶれたらキャスト、スタッフ全員が路頭に迷うぞと脅迫して、私を「ＲＯＯＭ Ｃ」から追い出そうという腹に違いない）

（だけど、私とキャストとスタッフは……）

　私たちはファミリーだ。リコとぶつかった時、ハルカとビビアン、店長はそう言ってくれた。

　みんなを信じよう。信じてＹＭと対決するんだ。そう固く心に言い聞かせて、ハイウェイを疾走した。彼方に見えるＬＡの中心部にそびえ建つサウザンドホテルが近づいて来た。


「ＲＯＯＭ Ｃ」の前に行くと、すでにキャストやスタッフたちが集まっていた。私に気づくとみんなは道を譲るように左右に割れて私を通してくれた。まるで映画『十戒』の海が割れるシーンのように……。

　最前列に出る。店の扉の前にはＹＭとリコが立ちはだかっている。ＹＭの右手には、その扉の鍵が……。

「来たか！」

私の到着を確認したＹＭはニヤリと不敵な笑みを浮かべ、手に持つ鍵を頭上に掲げた。いかにも店の鍵を持っているのは俺だとアピールするかのように。キャスト、スタッフたちが固唾を呑んで、ＹＭを見つめている。ＹＭが大声で話し始める。

「いいかみんな、この店のオーナーはこの俺だ。理由は言わんが、茶々がオーナーでいるとこの店はつぶれることになる」

「だからＲＯＯＭ Ｃはいったん閉めることにする。そして茶々をクビにして、再開する。今後も俺について来るというなら給料を上げてやる。しかし、もし茶々について行くというなら、その時はクビだ。わかったか！」

いきなりの宣告だった。キャスト、スタッフたちは動揺するはずだった……。が、誰もその素振りを見せずに押し黙っていた。

「店の鍵はすでに交換済みだ。これは新しい鍵だ。俺以外の人間がこの店に入ることはできない。いやもうひとりいる。ここにいるリコだ」

「ＲＯＯＭ Ｃは俺がオーナー、ママはリコ。この体制で出直す。どうするみんな？俺とリコについて来るだろ」

ＹＭの問いかけに対して誰も反応しなかった。静寂の時間だけが流れていた。ＹＭとリコは、その静寂に焦りの表情を浮かべた。

「オイオイ、みんなどうしたんだ。こんな繁昌店で働けるなんて、そうそうないことなんだぞ！」

「LAのど真ん中の店……。こんな最高の立地にある店なんて、ここだけなんだぞ！」

「……」

一同何も答えない。

「みんな、私と一緒にやろうよ。私とYMのコンビなら、もっともっとこの店を繁昌店にできるよ！　茶々の時より、給料たくさん出すからさ!!」

「……」

誰もひと言も発しなかった。

「お、お前ら、何で黙ってんだ。何か言えよ！」

私はおもむろに口を開いた。

「YM、あんたがオーナーじゃないことをみんな知っているってことだよ」

「私はあんたのお兄さん、YCとパートナーを組んだだけ。あんたはオーナーだと言い張るけど、YCがオーナーというポジションにあんたの名前をとりあえず置いただけ……違った？」

「……」

「ひとつだけ聞くけど、あなたがオーナーだと言うなら、オーナーとしてこれまでに何をして来たっていうの？」

「……」

その時、それまで沈黙を守っていたスタッフのひとりが声をあげた。

「そうだよ。オーナーとして、あんたは何をやったんだ？」

さらにキャストが続く。

「ROOM Cの経営をして来たのは、あんたなんかじゃない、茶々ママよ！」

「そうよ！　ROOM Cをこれほどの繁昌店にしたのは茶々ママよ」

「リコは確かにナンバーワンだったかもしれないけど、それは茶々ママがレールを敷いてくれたからよ。リコにはレールは敷けないよ」

「今だから言うけど、私たち、リコをママと思ったことなんて一度もなかった。茶々ママがリコをママにしたからそのとおりに従っただけ！」

「私らを育ててくれたのは茶々ママだもん。ママは茶々ママだけだよ!!」

「……」

次から次に発せられるキャストたちの言葉には、真実があった。私が信じていた〝絆〟があった。この時、私は勝利を確信した。

「ＹＭ、そんなにこの店を閉めたいならさっさと閉めれば。別に少しも困らないから。この店のキャストもスタッフも全員路頭に迷うことはないから！」

「どういうことだ？」

「ＲＯＯＭ Ｃをクビになったら、私が全員をクラブ茶々に連れて行く。そこで面倒を見るってことよ‼」

「そのほうがいい！　俺たちはＹＭの下《もと》で働くくらいなら、クビにしてもらってトーランスのクラブ茶々へ行く。なあ、みんな‼」

「そうだ！　そうだ」

「そうよ。そうよ」

「……」

ＹＭとリコはもう何も言えなかった。ＹＭは、手に持っていた鍵を地面に叩きつけ、取り囲むスタッフやキャストを押しのけて逃げるように走り去った。リコも後に続いた。私はそのリコに向かって言った。

「リコ、これでいいの？　そんな男について行っていいの⁉」

リコは一瞬立ち止まった。そして私のほうに振り向いた。私を睨みつけるその顔には、口惜しさと怒りと屈辱の入り混じった表情が浮かんでいた。それは、戦いに負けた者が見せる顔だった。そして、リコは逃げるように消え去って行った――。

　ふたりが立ち去ると、いっせいに拍手が湧き起こった。みんな笑顔だった。

「茶々ママ、これでＹＭ問題は一件落着ですね。もうＹＭに頭を悩ますことはなくなりますね」

「ＲＯＯＭ Ｃは名実ともに、茶々ママの店となりますね」

　みんなはそう言ってくれた……。でも私の頭の中では別な結論が出ていた。

「ＲＯＯＭ Ｃはもう閉めるわ」

「ええっ!?」

「ど、どうしてですか。ＹＭを追い出したんですよ」

「ＹＭは追い出せたけど、契約上のゴタゴタは続く……。なら、いっそのことスパッと手を引く。やめたほうが楽！」

「だいいち、考えてみて。こんな年中トラブル続きの店なんて、遊びに来るほうも働くほうも嫌でしょ。だから、私はもうＲＯＯＭ Ｃから手を引く!!」

「……」

　一同不安な表情になる。自分たちのこれからを考えたのだ。その不安を吹き飛ばすのは私の役目だ。

「心配いらないわよ。さっき言ったとおり、全員、クラブ茶々で働いてもらうから。ちょっと人数が多くて店が狭くなっちゃうけど、お給料はこれまでどおり、ちゃんと払うから！」

そう言いながら、私はYMが投げ捨てた鍵を拾い上げ、鍵穴に差し込み、開けた。私を先頭にスタッフ、キャスト全員で中に入った。一同感慨深い面持ちで店内を見渡す……。口にはしないけど、みんな一様に同じことを考えていたんだと思う。

「ここは自分たちが必死に盛り上げて来た店……築き上げた城……」

私は、号令をかけた。

「さあっ、みんなで協力してROOM Cのお酒を全部、クラブ茶々に移すわよ。そして今日でROOM Cのお酒はすべて飲み干してやろうじゃないか‼」

「オウッ！」

全員で、店の酒を運び出した。どの顔も晴れ晴れとしていた。自分たちが頑張って育てた店を、こんな形で離れることは、寂しく辛いはずだった。でも、YMと袂《たもと》を分かつことは、それ以上に気分が良いことだったのだ。

こうして「ROOM C」は、わずか十カ月で終わった――。

第六章　リニューアル・オープン

1

私が「ＲＯＯＭ　Ｃ」から撤退したことを知った台湾人兄弟の兄ＹＣは、またも弟の愚かな行動が私を怒らせてしまったことを深く詫び、抜本的解決を約束してホテルオーナーのロバート氏に、事実経過を報告した。

ロバート氏は私に電話をかけて来て謝罪してくれた。

『茶々、ＹＣから事情を聞いた。大変申し訳ないことをした』

「いえ……ロバートさんが謝ることなどひとつもないです。むしろ謝らなければならないのは、私のほうですから……。途中でお店を投げ出す形になってしまって、本当に申し訳ありませんでした」

ロバート氏は、自分の幼馴染みの台湾人兄弟が私に迷惑をかけたのだから、責任は自分にもあると言ってくれた。

「一流の場所を提供してくださったのに……。本当にもったいないとは思うんですが、こうなってしまったからにはもうどうしようもなくて……。共同経営の難しさをつくづく勉強させられました」

多少の後悔があることを、私は正直にロバート氏に話した。

『落ち着いたら、トーランスの茶々のお店に顔を出すから労《ねぎら》わせてくれ』

と言って、ロバート氏は電話を切った。

ロバート氏はどこまでも優しかった。私は脱力感に襲われながらも、いつかは彼に恩返しをしなければ……と心に誓った。

2

「ママ、どうやってキャストの出勤日をやりくりすればいいいか、わからなくなっちゃって……」

「クラブ茶々」の開店時間前、シフトを調整しているチーママのひとりが困った顔をして相談して来た。それは、まさに「クラブ茶々」が現在抱えている問題を浮き彫りにする言葉だった。

キャストと黒服が多過ぎる——。

閉店した「ＲＯＯＭ Ｃ」のキャストと黒服の全員を「クラブ茶々」に連れて来て合流させたのはいいが、そのため、店内は黒服だけでも十名以上となり、まるでホストクラブみたいだとお客さんから失笑を買うことが増えた。

「これだけ黒服がいれば、女の子を連れて来ても楽しめるな」

お客さんは冗談のつもりだったのだろうが、店にとっては深刻な問題だった。店の売上げに対して人件費がかかり過ぎていたのだ。元々の「クラブ茶々」のキャストにしてみれば、女の子が増えたことで、指名の数が減ったり、お客さんの奪い合い……という死活問題が生じつつあった。

「クラブ茶々」のキャストや黒服たちは、最初のうちは「ＲＯＯＭ Ｃ」からの合流を認め許してくれた。ＹＭの非道なやり方に怒り、私に同情してくれて……。私にはまだ求心力があった。でも、この現状を放っておいたら、必ず不満が爆発する。できることなら、どこか他の店にキャストと黒服の半分を預かってもらえないか……とも思った。

だが、これまで私を信じて、苦楽をともにして来てくれた人たちを、他の店に……なんてことをしたら、みんなを裏切ることになる。「クラブ茶々」のスタッフも「Ｒ

ＯＯＭ Ｃ」のスタッフもみんな私のファミリーなのだから！

私はスタッフを誰ひとり、やめさせない、やめて欲しくない……という思いで、給料を出し続けた。結果、私の貯金は一カ月で、大きく目減りした。

「本当は、もう一店舗営業すれば、すべての問題は解決するのだけど……」

そう考えて、すぐに営業できる物件はないか当たってみたけど、そんなものはあるわけなく……。「クラブ茶々」をオープンするまでだって物件探しに数カ月、オープンまでのライセンス取得に一年半の時間がかかった。それは「ＲＯＯＭ Ｃ」の時も同じだ。今すぐやれる店なんて、あるわけがない……。

何の打つ手もなく時間だけが過ぎて行った。私の貯金通帳の数字は、さらに減少して行った……。

「こんな状態、いつまで持ち堪えられるんだろう……」

さすがに不安が広がった。そんな時、突然救世主が現れた。その救世主の名は、ロバート氏――。

「ＲＯＯＭ Ｃ」を閉めてから、まったく連絡のなかったロバート氏が、その二カ月後、前触れもなく「クラブ茶々」にやって来て、私の眼をじっと見つめ、穏やかに言った。

「茶々、もう一度、ＲＯＯＭ Ｃをオープンしてもらえないか？」

「えっ!?」

「あの場所にふさわしいのはＲＯＯＭ Ｃしかない。閉店している間、ホテルの客や関係者から、『ＲＯＯＭ Ｃのリニューアル工事はいつ終わるんだ。早く再開してくれ』という声が山ほど私の所に来てね……。現在、店を閉めているのはリニューアル工事ということにしてあるんだ。ＲＯＯＭ Ｃは茶々の力で成功したのはわかっている。だからもう一度、茶々にやって欲しいんだ。やってくれるよね」

ロバート氏は、いつもの優しい微笑みを浮かべ、同意の握手を求めて右手を差し出した。

「あ、あの……そう言っていただけるのは、非常にうれしいのですが……もう台湾人《あの》兄弟《ふたり》とは関わりたくないので……」

私は、ロバート氏の差し出した右手を握れずにそう言った。

「茶々の気持ちはわかっている。私ももうＹＭは信用できないと思っている。だから、

ＹＭは外そうと思う」

「でも、ＲＯＯＭ Ｃのリカーライセンスは、今でもＹＭの会社が持っているんですよ。私がＲＯＯＭ Ｃから手を引いたのも、あの場所でのライセンスをＹＭが持っている以上、私があそこで商売することはできないから……」

「では、ＹＭからリカーライセンスを取り戻すことができたら、君はリニューアル・オープンを考えてくれるかい？」

ロバート氏は視線を反らさず、真っ直ぐに私を見てそう言った。

「ＹＭからリカーライセンス取り戻す……。そんなことができるんですか？」

「できるさ！　まずライセンスを所持する会社の代表から、弟のＹＭを退任させ、まだ信頼関係が残っているＹＣに新代表となってもらう。そして、ＹＣと私が交渉して、茶々とＹＣの間で新たな契約を結ぶ」

「……」

私は、夢を見ているような思いでロバート氏の言葉を聞いていた。ロバート氏の説明はさらに続いた。

「リカーライセンス――特殊リカーライセンス五十七番――の権利の半分を茶々に持たせるようにする。そうすれば茶々は、永久にＲＯＯＭ Ｃを経営できるようになる」

「……」

私は声が出なかった。あまりの嬉しさで……。

ロバート氏の自信満々の表情から、ロバート氏とYCの間で、ある程度は話が進んでいるということが読み取れた。

リカーライセンスさえ手に入れば問題は何もない。何よりスタッフやお客さんのために、できるだけ今の状況から抜け出す必要があった。そうと決まれば、私の行動は早かった。リニューアル・オープンに必要な知識は十分にあった。

「分かりました。明日の朝一番で〝ステイト・ボード（State Board）〟に行って、新たなセールス・ライセンスを取って来ます！」

〝ステイト・ボード〟とは、カリフォルニア州が発行する店の営業を行う上で、必要な許可書の手続きをする役所のことである。セールス・ライセンスは文字どおり、物を売るための許可書だ。

当時、「ROOM C」のセールス・ライセンスはYMの会社が持っていた。同じ場所にふたつも許可が下りるのか、少し気になったが、セールス・ライセンスはすぐに降りた。

新しい営業許可書を手に入れた私は、携帯電話でロバート氏に報告した。

『僕たちに運が向いて来たね』

「はい。ROOM Cの新しい口座を開設すれば、すぐリニューアル・オープンできます!!」

携帯を切って、私は大きく深呼吸をし、新しい口座をつくるために勇躍、銀行へ向かった――。

3

二〇〇四年九月――、「ROOM C」はリニューアル・オープンした。休業してから三カ月後のことだった。

リニューアル・オープンのレセプションは、開店の時より盛大にした。今度こそ名実ともにこの店のオーナーとして定着、君臨する覚悟を示すために――。

そのパーティーの際中、ロバート氏が握手を求めて来た。

「茶々、ついにやったね。気分はどうだい？」

「なんとお礼を言ったらいいか……。本当にありがとうございます」

「これからが茶々の本当の勝負だぞ」

「それはどういう意味ですか？」

「茶々はこのＬＡの夜の世界で、一番輝かなければならない人間だと思っている。経営者としても、女性としても。だから、思いっきり羽ばたかなければならない！　ＬＡの夜に働く女たちの憧れ……目標となるために。茶々は、ＬＡの夜の女帝とならなければならない‼」

「ＬＡの……女帝……」

そんな大それたことは考えたこともない。でも、ロバート氏はつけ加えた。

「日本式ナイトクラブの接客サービスは本当に素晴らしい。ここに来ると心が癒され、安らげて、嫌なことは忘れさせてくれて、明日への活力が生まれる」

「これが〝日本人のおもてなし〟というものだとつくづく思う。この日本式おもてなし文化を、アメリカ人にもっと理解させ、広め、定着させるんだ」

「茶々はこの国の偏見、差別で警察に嫌がらせ、妨害を受け続けて来たが、戦い続けて今日の地位を勝ち取った」

「茶々の地位が上がれば上がるほど、茶々の後に続く者たちの道を拓《ひら》くことになるのだ。だから茶々はLAの女帝にならなければならない。これから日本式ナイトクラブをやろうとする者たちのために!!」

「……」

台湾人の私が、このアメリカで、日本式ナイトクラブという文化を定着、広める……。この道で頑張りたいという後進のためにLAの女帝となれ――。

ロバート氏の言葉に私は眼から鱗《うろこ》が落ちる思いだった。何かが触発された。そうか、そうだ！　私は私だけのためじゃなく、この日本式夜の文化をアメリカで定着、広めるために頑張ろう。日本人、台湾人関係なく、この素晴らしい〝おもてなし〟を、アメリカに、そして世界に広めるために頑張ろう。

文字どおり、ロバート氏は私の〝大恩人〟〝心の支え〟〝師〟となった――。

「ROOM C」がリニューアル・オープンして一週間後、YCが私の事務所に売上げの分配について、文句を言いにやって来た。

「どうなっているんだ、茶々。契約では売上げは折半だったはずだが、俺の会社の口座には一銭も金が入って来てない。説明して欲しい」

努めて冷静に話をしようとしていたYCだが、話し始めるとすぐ語気が強くなっていった。

「それはね、YC……」

私は冷静に、悪さをした子供を悟すようにゆっくり説明した。

「あなたが、YMの会社の新しい代表になったとしても、YM時代の契約内容や負の遺産はそのままなの」

「負の遺産……?」

「つまり、YMが口座をブロックして、売上げを横領したのは知っているわよね。私の取り分まで独り占めしていた。私はこれに対して、新生ROOM Cで回収する権利があるの。

だからYM時代に私が損害を受けた分は、まず回収させてもらって、あなたへの配当はその後の話ということなの」

「……」

「それともうひとつ。最初の契約では、お互いに五十万ドルずつの出資だったけど、この約束も反古《ほご》にされているわよね、YMに……。この五十万ドルも回収しなければならないの」

「な、何を言っているんだ。それは、ＹＭとの問題だろ」

「あなたがＹＭの会社を引き継いだんだから、この問題は、あなた方兄弟間で解決すべきよ」

「それとね……。契約では、利益は互いに五十パーセント取ることになっているけど、赤字も互いに五十パーセントを負担するということになっているのはわかっているわよね。新生ＲＯＯＭ Ｃは現在赤字なの。この相談をしたいんだけど」

「……」

新生「ＲＯＯＭ Ｃ」は、実際は黒字だった。だけど私は「ＲＯＯＭ Ｃ」の売上げの一部を「クラブ茶々」の売上げとして計上して、意図的に赤字をつくっておいた。いくらロバート氏の裁きで、ＹＭの会社の代表がＹＣになったとしても、あのＹＭが黙っているわけはなく、必ず兄のＹＣを焚き付けて、また言いがかりをつけて来ることを想定して、先手を打っておいたのだ。

ＹＣは悪い人間ではなかった。長男特有のボンボン気質でおっとりした人間だ。私の説明を真に受け、何の反論もせずに帰って行った。帰り際に私はダメを押した。

「何か問題があるなら、これからはすべてロバートさんに立ち会ってもらいます。ロバートさんは私の後見人になってくださることになりましたから！」

「……」

ＹＣは無言で立ち去った。


その後、台湾人兄弟からは何のアクションもなかったけど、「ＲＯＯＭ Ｃ」に対する不可解な事件が相次ぐ……。明らかに「ＲＯＯＭ Ｃ」をつぶそうという事件だった――。

最初の出来事は、「ＲＯＯＭ Ｃ」リニューアル・オープンからちょうど一カ月後の十月のこと。

売春疑惑があるという理由で、ロサンゼルス警察がやって来た。「どうして突然？」と事態が飲み込めず、私は混乱した。

「売春なんてやっていません！　そんなありもしないこと、誰が通報したんですか？」

警察は形式どおり調べた。だが、疑惑自体が事実無根なのだから、何もせずに引き上げて行った。当然のことだが警察は、通報者のことはいっさい話さなかった。

「考えられるのは、あの連中ね……」

私に恨みを持っていて、嫌がらせをしそうな人間……共同経営者だった台湾人兄弟の弟YM、そして「ROOM C」のママをクビにしたリコ……このふたりしか思い浮かばなかった。ふたりがまだ付き合っていて、私に復讐しようとして……。でも証拠はなかった。

さらに事件は続く――。

十二月二十四日、クリスマス・イブの朝六時。いきなり携帯電話が鳴った。寝惚け声で電話に出た私に衝撃の言葉が突きつけられた。

『ロサンゼルス警察だが、ROOM Cが銃撃された！』

「え!?」

八年前のクリスマス・イブの出来事がフラッシュバックした。「クラブ茶々」放火事件――。あの時の犯人はまだ捕まっていなかった。そして今度は銃撃事件……。

『とにかくすぐに店まで来てください』

私は警察の指示に従い、アパートメントから、ダウンタウンへ車を飛ばした。

「ROOM C」に着くと、まだ硝煙の匂いが残っていた。ガソリンの匂いもする。

幸いなことに怪我人はいなかった。入口の扉に銃弾を受け、ヒビが入った被害だけだった。警察の説明では、

「ガソリンの匂いの正体は、扉の前に捨てられていた白くて丸い布の塊に染み込ませたものだ。おそらく、銃で扉を破り、この布の塊を店内に投げ込んで、火を点けようとしたんだろう……。だが、扉が壊れなかったんで、あきらめてこの布を捨てて立ち去った……」

「……」

もし、犯行が警察の推測どおりに行なわれていたら、またもや放火事件に発展していた。そう考えると、恐ろしかった。

「なぜ、こんなにトラブルが続くの……」

完全に「ＲＯＯＭ　Ｃ」というか、私に対する恨みとしか思えなかった。やったのはどう考えてもあのふたりしかいない……。

4

トラブルはまだ続いた……。

二〇〇五年一月――。銃撃事件から一カ月も経たずに、またも面倒な問題が発生したのだ。二〇〇三年九月に起こった元夫・横山のセクハラ騒動。翌年にYMの会社に届いたとされる訴状が、今度は「ROOM C」のマネジメント会社「CCマネジメント」に届けられたのだ。訴状の差出人は弁護士名となっていた。

「今頃になって、何でまた……」

この期におよんで、これはもう明らかにYMとリコの仕業だと確信した。

私は徹底的に戦うことにした。裁判をしてでも完膚無きまでにYMとリコをやっつけて、二度と私の目の前に姿を見せないようにしてやろうと思った。

それでも裁判の行方は弁護士の力量でどうなるかわからないから、話がこじれた時のことを考え、対応策を練っておく必要がある。私はすぐに保険会社に連絡した。

私が店を経営するために複数加入している保険の中で、どの保険が今回の場合に適応できるか相談するためだ。

適応できる保険はふたつあった。ひとつは、「Employment Practice」という会社経営者のための特殊保険と、もうひとつは、日本でいう「労働者災害補償保険（通称・労災）」である「Workers'Compensation」だった。私は「今回の場合はEmployment Practice が適応できる」との回答を、保険会社の担当者から得る。

私が加入していた保険会社が業界大手であったため、相手の弁護士は賠償金をかなり取れると目論んだのだろう。法廷に持ち込む前に、何度も下交渉を持ちかけて来た。こちらも弁護士を立てて、話し合いに応じた。そして、弁護士同士が話し合いを続ければ続けるほど、さまざまな矛盾点が浮き彫りになって行った。

被害者の女性――かおり――は、セクハラされた後も、自分をセクハラした横山がマネージャーを務める店で働き続けていたのはなぜか？　出勤率も上がっているし、セクハラをされたにもかかわらず、その後かおりと横山の間での電話の回数が増えたのはなぜか？　これは横山の電話履歴を調べてわかったことだった。

そもそも、事件から数年経った今になってなぜ問題を公にしたのか？

誰が見ても不自然な点が多かった。裁判になっても勝ち目はない――。相手の弁護士はそう判断したのか、この事件を法廷に持ち込もうとはしなかった。弁護士同士の交渉は一年もかかった。結論から言えば、結局「ＣＣマネジメント」が訴えられることもなく、示談の形でセクハラ事件は落着する。

そして、私は籍だけの関係になっていた横山と離婚した――。

セクハラ事件が解決したのと同じ頃、台湾人兄弟の兄ＹＣから会いたいという連絡があった。ロバート氏からＹＣの近況を聞いていたので、用件は薄々分かっていた。ＹＣは、自分の事業がうまく行っていなかった。それは弟のＹＭも同じだったが……。「ＲＯＯＭ Ｃ」の金を抜いていた頃から、本業は思わしくはなかったのだ。だから、あれだけ無茶な、非合法に近いことをしてまで「ＲＯＯＭ Ｃ」からお金を取ろうとしたのだ。

ＹＣは、疲れ切った顔で言った。

「茶々、金に困っているんだ。助けてくれないか……」

その姿を見た時、ＹＣ、ＹＭ兄弟と完全に袂《たもと》を分かつ時が来たと思った。

「私がＲＯＯＭ Ｃの権利を全部買ってあげてもいいけど、どうする、ＹＣ？」

「助かる！　非常に助かる。お願いするよ、茶々!!」

ＹＭに対しては怒りと憎悪があるけど、ＹＣに対してはそれほどない。弟のＹＭは悪党だったけど、兄のＹＣは悪いことはできない小心者だから……。いつも弟に振り回されて、悪事の一端をさせられているというイメージが強かった。それでも、弟と組んで私を騙そう、はめようとしたのは事実だろう。

でも、私がこの時、ＹＣに救いの手を差し延べた理由は……。

日本のことわざに「罪を憎んで人を憎まず」というのがある。犯した罪は罪として憎むべきものだが、その人までも憎んではならないということを、子供の頃から両親に教えられて来たから。

人を憎めば、その憎しみはいつか巡って自分に返って来る。逆に許せば、そこで憎しみの連鎖は断ち消えて、その後争うことはなくなる。


私はこれまで歩んで来た人生の中で、そのことを学んでいた。思春期に他人に近い親戚にあずけられ、貧しいことを理由に苛《いじ》められ、社会に出てからも理不尽な理由で叩かれたりした。

どんなに人に疑われ、指を指されようと、自分が間違ったことをしていなければ堂々と立ち向かえる。だから弱い者苛めや筋の通らないこと、人に顔向けできないことは絶対にしない。堂々と胸を張れる生き方をしていれば、人生の扉は開いて行く。――そのことを学んだ。

私は、人生の中で私を苛めたり、叩いたりした人を憎むことはしなかった。逆にそれは天が私に試練を与えたのだと言い聞かせて生きて来た。

だから、遠くはサンフランシスコの従姉たち、セントポールの店や「クラブ茶々」に嫌がらせや妨害をしたライバル店の人たち、そして「ＲＯＯＭ　Ｃ」でのＹＣ、ＹＭの台湾人兄弟とリコがやったことを憎んだり、追求して仕返しをしようとはしなかった。だから今でも思う……リコがあの時のことを詫びて、戻ってきたいと言えば、過去のことは水に流して喜んで迎え入れたいと。何と言っても一度は、私のファミリーと思った人なのだから――。

その後、ＹＣ、ＹＭ兄弟からもリコからも、嫌がらせや妨害を受けることはなかった。そして、消息も聞かなくなり、いつしか三人のことは忘れていった。

こうして、長い時間がかかったが、「ＲＯＯＭ　Ｃ」を完全に自分の店とすることができた。そして、この時から私は名実ともに〝ＬＡの女帝〟への階段を昇り始めたのだ――。

第七章　青春再び

1

私が初めてその人と会ったのは、二〇〇五年の年明けで、四十一歳の時――。

日系自動車部品メーカーの現地駐在員として働いていて、会社の社長に連れられて「クラブ茶々」に来た時だった。

身長は一八七センチくらい……。そのくせ小顔で、スーツを着ていても引き締まった筋肉質の体形が見てとれた。まだ、あどけなさの残る若者らしい笑顔が特徴的だった。

「イケメンだね。名前は？」

「トシです……」

「何歳《いくつ》？」

「二十四歳です」

「私よりも十六歳も下か。若いねえー！　子供だね」

「子供！　ボク、子供ですか？」

「私からしたらね。あなたが生まれた時、私はもう高校生だったってことでしょ。おんぶして抱っこして、オムツ替えてあげる年齢《とし》の差だよね」

「……」

トシと名乗った青年は、憮然《ぶぜん》とした表情を浮かべた。

「でもな、茶々、コイツは見かけによらず兵《つわもの》なんだぞ」

「どういうこと？」

「ロスに赴任直後にタクシー強盗に遭ってよ。でも英語がよくわからねえから、ヤバイと思って殴り倒しちまったんだ」

「ヘエーッ！　ホールドアップされていたんでしょ。怖くなかったの？」

「それは怖かったですよ。でも、殺《や》られる前にやってやると思って、一瞬隙があったんで、パパンと……」

と、素早くパンチを打つ仕草をした。

「コイツ、空手の有段者なんだ」

「そうなの……。見た目は、細くて柔《やわ》そうなのに、人は見た目じゃわかんないってヤツだね」

「……」

それまで緊張していたトシの顔に、はにかみの笑みが浮かんだ。その表情を見た時、私は一瞬ドキッとした。その胸騒ぎが何だったのか、その時は自分でもわからなかった……。

その後しばらく、その席で雑談したが、トシは私と社長の会話の聞き役に徹していた。とにかくおとなしく、出しゃばらず、余計なことを言わない好青年というのが、初対面の時の印象だった。トシが私のことをどう思ったかは知らないけど……。

しばらくすると、トシは会社の仲間と店にやって来るようになった。私にとっては若いお客さんたちが、いつも楽しそうにお酒を飲んでいる——それだけの光景であり、印象だった。

でも何度か来るうちに、私の目はトシの姿を追うようになっていた。トシの存在が気になってしかたがなかった。

「今日も楽しそうだね、トシ」

「茶々ママの笑った顔を見るのが好きなんだ」

「アラ、口がうまいわね」

「いやお世辞じゃなく、本当にそう思ってるんだけど……」

「……」

まっすぐに見つめられて、そう言われた時、私の心臓は早鐘を打ったようにドキドキした。

(何これ？　このドキドキは何!?　もしかして……これって……そんなバカな。十六歳も年下だよ)

「何考えてるの、茶々ママ？」

トシが私の顔を覗き込んだ。

「べ、別に……」

ちょっとうろたえて、私は話題を変える。

「あのさ、トシ。食事はどうしているの？　ちゃんと食べているの」

「うーん、不規則だね。朝は牛乳とパン二枚。昼はマック。夜は会社の仲間と居酒屋とかが多いし……」

「ダメじゃない、そんなんじゃ。いつか身体壊すわよ」

「う…ん。分かってはいるけど、男ひとり暮らしだと、つい……ね」

「分かった！　昼は私がお弁当をつくって届けてあげる!!」

「えっ!?」

「栄養バランスの取れたお弁当をつくってあげるよ」

「エーッ！　いいなあ、トシ。茶々ママ、トシだけ!?　俺たちのは？」

「しばらくはトシだけね。気が向いたら、みんなの分もつくってあげる」

「何だよ。何でトシだけ特別扱いなのよ!?」

「……日本から来たばかりで、まだロスでの生活に慣れてないでしょ、トシは。だから、私がお母さん代わりにね」

「お母さん……代わりですか……」

トシは困惑した顔をしていた。


その翌日から私はトシのためにお弁当づくりを始めた。夜中に仕事を終え、家に帰って明け方に寝て、朝十時前には起きて台所に立って料理をする。睡眠が少ない時もあるけど、好きな人のために料理をするのは楽しかった。

そう、この時、私は自分の気持ちの変化に気づいていた。私はトシを好きになっていたのだ！　十六歳も年下。出会った時は、子供としか見ていなかったのに……。

毎日、手づくり弁当をトシの会社に届けた。会社の同僚の手前もあって、トシは最初遠慮がちに申し訳なさそうに受け取った。でも、一週間も経つ頃には待ち遠しそうに私が届けるのを待つようになっていた。

時間がある時は、その日に会社にいる従業員の人数を聞いて、ちらし寿司などのお弁当を全員分つくって持っていったこともある。

私の仕事が朝までになって、お弁当をつくれなかった時は、オフィスの経理の従業員とレストランにランチを食べに行き、そのレストランでトシの分までオーダーして持ち帰りの容器に入れてもらって、トシの会社に持って行った。

トシの会社の人や私の周囲の人も、一週間か二週間しか続かないだろうと影で噂をしていた。「お弁当を好きな人につくって届ける女性はいるが、みんなそれくらいでやめる人が多いから、茶々もきっとね」と……。

でも、私はやめなかった。一カ月、二カ月と続けた。さすがにそこまで続くと、トシの私を見る目も変わって来た。

「茶々ママ、こんなにしてくれるなんて。ママはビジネスオーナーであるのに、自分の時間を割いてでも僕のために、これほどしてくれるなんて……」

「……」

「愛よ！　あなたのことを愛しているからよ‼」——そう言おうとした。でも、自制する自分がいた。「どうしてって？」「茶々らしくないって？」——だって、私はトシよりも十六歳も年上。どう考えても結ばれる恋じゃないもの。いくら私が図々しい女でも、そんな奇跡が起こることまで考えられないよ……。


「テストしてみたの！」

「テスト？」

「私…結婚したら旦那さんにはお弁当を毎日つくってあげたいと思ってるのね。そういう日が来た時のために、トシで試しているの。結構、続けられるもんね。私、きっと良い奥さんになるかも」

「……」

こんな風にしか言えない私って……ああ、素直じゃない。


その頃からトシの行動が変わってきた。ひとりでお店に来るようになったのだ。しかも、頻繁に。そして毎回、自腹で三百ドル（当時の日本円で約三万円）も使う。普通の若い会社員が使うにしては大きい額だ。まさか……以前の柴田さんのことが一瞬頭をよぎった。あの人のようなことをさせちゃいけない。

「ねえトシ、若いんだからそんなにはお給料もらえないわよね。お店に来てくれるのはありがたいけど、こんなに頻繁に来て、こんなに毎回使っていたら……」

「大丈夫だよ。ちゃんと自分の財布を考えてやってるから」

「でも……」

「こうしなきゃ、茶々ママに会えないだろう」

「えっ!?」

「お店に来なきゃ、茶々ママとゆっくり会えないじゃないか！　僕は毎日でも茶々ママに会いたいから……」

「トシ……」

ああ……トシも私と同じ気持ちでいてくれたんだ。私の思いは通じていたんだ。

「トシ、ホントに無理しないで……。お店に来なくても、外で逢うから」

「え!?　ほ、本当？」

「本当よ。これからは外でふたりだけで逢いましょ」

「茶々ママ！」

「ママはいらない……茶々でいいよ」

「茶……々……」

私はついに本音を口にしてしまった。それは店のママとお客さんという関係が崩れた瞬間だった。そして……恋愛のスタートだった——。

2

私は、もちろんそれまでの人生で、何回か恋愛はした。手短な存在を愛と錯覚して、愚かにも結婚・離婚も経験した。一度の離婚でもう結婚は懲り懲り……と心底思った。なのに……今、私はトシを愛してしまった。十六歳も年下の人を……。

それから私とトシは、毎日のようにデートをした。ふたりで食事をし、ドライブ。休日にはLAにあるディズニーランドやユニバーサルスタジオなどのアミューズメントパークにも行った。ふたりの愛は深まっていった。

「ねえトシ、年齢の差は気にならないの？」

「全然！」

キッパリそう言ってくれたトシ。ああ、何て男らしいんだろう……。

「世の中にはトシが私と付き合ってるのは、違う目的があるからだと思っている人もいるけど……」

「そう思うヤツには思わせておけばいいさ。僕たちの愛は本物だから！」

「私に……奇跡を見させて！」

「ああ！」

そして私たちは結ばれた——。


トシと私が付き合い出した頃、トシの会社の社長は日本に帰っていた。久しぶりに社長がＬＡに来た時、トシが空港まで迎えに行き、その車中で私とのことを報告した。

「社長、僕は茶々と付き合うことになりました」

「茶々のとこのどの女の子と付き合い始めたんだ？」

「クラブ茶々のオーナー、の茶々です！」

「ハア⁉　茶々……ママと付き合ってるのか⁉」

「はい！」

「店の女の子じゃなくて、ママを口説き落としたってか？　あの女性《ひと》は高嶺の花、難攻不落の人だと思っていたが、お前すごいな。これからはお前との付き合い方が難しくなるな」

その頃、私は両親と住んでいた。デモインで中華料理店を続けていた両親だけど、年齢《とし》を重ねて無理がきかなくなってきていたので、「思い切って店を閉じてLAで一緒に住まないか」と誘ったら、ふたりから「快く甘えさせてもらう」という返事が来た。私は両親のために家を買ってあげて、その家で二十年ぶりに親子三人の生活をしていたのだ。

でも、トシと恋に落ち、いつでも逢いたい、いつも一緒にいたいと思うようになると、両親と同居していることが障害になり始めた。かといって、「男ができたので同棲します」とも言えなかった。そこでトシと相談したら、

「なら、結婚すればいいだろ！　結婚すれば堂々と一緒に暮らせる。結婚しよう、茶々！」

「トシ……」

私は両親にトシのことを話した。両親は大反対した。

「そんな若い男が、お前と真剣に付き合ってるわけがない」と父。

「そうよ、茶々のお金が目当てに決まってるわ」と母。

「どうして年が離れているというだけで、そういう目でしか見ないの。世間がそう見るのは仕方ないとしても、パパとママだけには信じて欲しいのに！

彼と会ってもいないのに、どうしてそう決めつけるの。自分の娘を信じていないの。親なら、自分の娘が好きになった男の人のことを信じてくれてもいいでしょう」

「……」

しばらくの沈黙の後、ふたりが言った。

「そうだな。私たちはお前を信じている。そのお前が好きになったのなら、その男のことも信じるべきだよな」

「ケイティー、その人に会わせてちょうだい」

トシと会った両親はいっぺんで彼を気に入り――そりゃそうでしょ、私がこれだけ好きになった男だもの――、結婚を認めてくれた。

こうして私は両親の家を出て、トシも会社の寮を出て、私が所有していたもう一軒の家で一緒に暮らし始めた。

そしてトシは会社を辞め、私の仕事を手伝うことになった。社長も私とのことを理解してくれて、円満退社という形をとってくれた。その社長とは今も夫婦として付き合わせてもらい、お店にも来ていただいている。

私の仕事を手伝ってもらうようになってまず気を遣ったことは、古くからいる私の従業員たちとの関係だ。それまでは外側のお客さんだった人が、いきなり内側の、しかも私の夫として入ってきたのだから……。トシももちろんだけど、従業員たちも戸惑った。だからまず、私が率先してトシをお客さん扱いじゃなく、スタッフのひとりとして接するようにした。「トシさん」と呼んでいたものを「トシ」に。仕事でミスをすれば、みんながいる前でも叱責する。いや、あえてわざとそうしたこともある。そうすることで、トシも徐々に従業員と打ち解けていき、やがてファミリーの一員となった。

トシと一緒になったことで一番困ったことは、お客さんの反応だった。私に対しては、

「何だ、茶々、若いツバメを見つけたのか?」

トシに対しては、

「お前は茶々の新しいヒモか？」

という声が圧倒的に多く、色眼鏡で見られたり、心ないことを山ほど言われた。でも、それは仕方ないことなので、私もトシも笑顔で冗談交じりに返答するしかなかった。

それでも時間が経つうち、私たちの関係を認めてもらえるようになり、現在ではトシは私にとってなくてはならないパートナー、ファミリーとして、内外の人たちに認知されている。

こうして私は仕事でも、女としても最高の幸せを手にした。今、私は再びの青春の日々を生きている——。

3

ロバート氏に叱咤激励された「LAの女帝になれ」という言葉を心の糧にして、日々努力してきた。気がつけば、「クラブ茶々」「ROOM C」と、LAを代表するナイトクラブを経営する幸運に恵まれた。

二店を卒業したキャストたちが自分の店を開き、ＬＡのナイトビジネス界に私のファミリーの輪が広がり、私は周囲の人たちから「押しも押されもせぬＬＡの女帝になったね」と言われる。本人はそんな大それたことは思ってもいないのだが……。

振り返れば、私の人生はずっと戦いの連続だった。今ようやくひと息ついている。でも、これは束の間の休息だ。私はこれからも戦い続けなければと思っている。〝日本式ナイトクラブのおもてなし〟文化を、この国でもっともっと広め、定着させるために――。

〝ＬＡの女帝〟から〝ＵＳＡの女帝〟といわれるような人間になるために――。

エピローグ

「ありがとう」「サンキュー」「謝謝《シェイシェイ》」

お客さまによって三カ国語以上を使い分ける茶々の一日は、時計の文字盤の二本の針が真上で重なろうとする頃にやっと一息つく。

お客さまにはもちろんのこと、キャストと黒服への感謝の気持ちを忘れることは一日たりともなかった。

「みんなが頑張ってくれるから、私も頑張れる。みんないつもありがとう」

今日の彼女が持つ社会的地位や人脈などさまざまな財産は、数々の困難に背を向けることなく、真正面から向き合い戦い抜いた結果、築き上げたものである。

もちろん世の中には、己の意思やプライドのために戦う人はたくさんいるだろう。

それはなにも茶々だけではない。

だが、戦うことに没頭するあまり己の信念を見失う人、頑張ることだけにとらわれ疲れ果てる人、失敗や挫折に対する恐怖から逃げ出してしまう人、自らの身を守ることに必死になるあまり人を裏切る人……さまざまな形で堕ちていく人は少なくない。

そんな中、茶々は、人を信じ裏切られることはあっても、自分は仲間を裏切ることはせず、自分自身や出会った人々とまっすぐに向き合い、信念を貫くための勉強を怠らず、つねに全力で生きてきた。

優しさも厳しさも……、そして良い結果を生むこと以外には決して使わないずる賢さも持つが、どれだけ成功しても人に感謝することを忘れない。茶々はそういう人間だ――。

台湾から夢をつかむためにアメリカにやって来て、三十数年……。台湾人でありながら、「日本式ナイトクラブ」のオーナーママとして、その夢を実現した。ある意味で、日本人より日本の心を持っていたから成し遂げられたのかもしれない。

人を愛する〝おもてなし〟の心を持っていたから――。

茶々は左手のバングルウォッチを見た。閉店時間が来た。いつものようにお客さまを見送る。心から感謝の気持ちを込めて、深々と頭を下げる。そして頭を上げ、自分の店をしみじみと眺める……自分が築いた城……「クラブ茶々」を――。

あとがき

「幸せの形、成功の形、考え方や価値観は、誰ひとり同じではない。さまざまな人が存在し、正解など用意されていないこの世の中。だからこそ、迷い苦しむことがあっても、己の信念を強く持ち、社会、現実、人々そして自分自身に向き合う勇気、あきらめない根性——それさえあれば、何事もきっと解決できるし、実現できるはず」

「ＬＡから見ていると、最近の日本と日本人は元気なく見えるんだよね。日本人がみんな内向きになっているように思えるんだよね」

「〝ジャパン・アズ・ナンバーワン〟と世界で言われていた頃の日本と日本人は、もっと熱く元気だった気がする。私は日本が大好き。その日本にもっともっと元気を出して欲しくて……。私の生き方、生き様が少しでも世の中を元気づけられれば、と願って、インタビューに答えたけど……」

茶々は、謙虚にそう言った。その茶々の思いにどこまで応えられているか、不安はあるが、精一杯書かせてもらいました。
ＬＡに行かれることがあったら、ビジネスや観光のついでに彼女のお店に立ち寄ってみてはいかがですか。

二〇一六年六月

倉科　遼

[著者プロフィール]
倉科 遼（くらしな・りょう）

1950年生まれ。代表作『女帝』により漫画界に“ネオン街モノ”という新ジャンルを確立。『嬢王』『夜王』『黒服物語』などの原作作品がＴＶドラマ化される。他に、『匠三代』『万華鏡〜抒情と緊縛〜』など数多くの作品がある。現在、映画・舞台などの企画・原作・制作でも活躍中。

LAの女帝《じょてい》　—茶々《ちゃちゃ》—

2016年8月10日　初版第1刷発行

著　者／倉科 遼
発行者／大場敬司
発行所／株式会社オフィスケイ
〒170-0013　東京都豊島区東池袋3-2-3　第一主田ビル5F
電話　03-6907-4144
発売元／株式会社実業之日本社
〒153-0044　東京都目黒区大橋1-5-1 クロスエアタワー 8階
電話（編集・販売）03-6809-0495
http://www.j-n.co.jp/
小社のプライバシー・ポリシーは上記ホームページをご覧ください。

印刷所・製本所／大日本印刷株式会社

ISBN978-4-408-41190-3（コンテンツ）